9평 반의 우주

솔직당당 90년생의
웃프지만 현실적인
독립 에세이

김술 지음

9평 반의 우주

"개미똥만 한 월급일지라도 나만의 세계는 필요하니까."

나를 닮은 방, 그 한 뼘 공간에서 펼쳐지는 내 인생의 재발견

북라이프
Booklife

9평 반의 우주

1판 1쇄 인쇄 2019년 11월 19일
1판 1쇄 발행 2019년 11월 26일

지은이 | 김슬
발행인 | 홍영태
발행처 | 북라이프
등 록 | 제313-2011-96호(2011년 3월 24일)
주 소 | 03991 서울시 마포구 월드컵북로6길 3 이노베이스빌딩 7층
전 화 | (02)338-9449
팩 스 | (02)338-6543
e-Mail | bb@businessbooks.co.kr
홈페이지 | http://www.businessbooks.co.kr
블로그 | http://blog.naver.com/booklife1
페이스북 | thebooklife
ISBN 979-11-88850-76-1   03810

멀리서 보면 하찮고
가까이서 보면 짠내 나도
나는 내 우주가 퍽 마음에 들어요.

여기가 아닌 다른 곳에서라면 더 나은 삶을 살 수 있을 거라고 생각하던 시절이 있었다. 이제 더는 그런 생각을 하지 않는다. 다른 곳, 다른 삶을 꿈꾸는 대신 내가 선택한 이 도시에서 내가 선택한 것들과 함께 어떻게든 잘 살아내고 싶다. 작가의 말처럼 '선택하고, 그에 책임을 다하는 과정이 독립의 전부'일 테니까. 그래서 그녀는 언덕배기 힐hill세권의 장점을 찾아내고, 요리 없이도 건강하게 사는 법을 연구하며, 자식의 독립 뒤에 찾아온 엄마의 독립을 돕는다. 집보다 먼저 마음의 평수를 넓히려는 사람만이 할 수 있는 고민을 하면서.

독립은 결과가 아닌 과정이라서 우리는 평생 홀로 서는 법을 배워야 한다. 쉽게 기대기보다 어렵게 의젓해지기를 선택한 모든 이들에게 이 책을 권하고 싶다.

_김신지, 《좋아하는 걸 좋아하는 게 취미》 저자

독립의 날

모든 사람에게는 자신만의 독립의 날이 있다.

　스무 살, 서울에 올라와 처음으로 가본 동대문 옷가게에서 깨달았다. 나는 내 옷 한 벌 고를 줄 모르는 사람이라는 걸. 주관이 뚜렷한 부모님 밑에서 자란 소심이의 말로였다. 소풍이나 수학여행 전날 부푼 마음으로 엄마와 옷가게에 가면 백 퍼센트의 확률로 엄마 마음에 드는 옷을 샀다. 가끔 "네가 골라 봐." 등을 떠밀 때도 있었다. 한참을 고민하다 쭈뼛거리며 옷을 가지고 가면 곧장 날아오는 한 마디.

"그거?"

그렇다. 우리 부모님은 대단한 '답정녀'였으니, 반쯤은 예상했던 반응에 난 그저 조용히 옷걸이를 내려놓기를 택했다.

난생처음 평가하는 사람 없이 옷을 구입한 날, 내 선택에 대한 불안감과 해방감이 어지럽게 공존했다. '엄마가 나한테 안 어울린다고 했던 스타일인데…', '어깨가 더 좁아 보이진 않을까?' 시끄러웠던 머릿속은 버스에 몸을 싣고 나서야 잠잠해졌다. 안 어울리는 건 내가 감당할 몫이었다. 그 기회를 가지는 것이야말로 독립의 시작이다.

두 번째 독립의 날은 첫 월세를 내던 날. 100만 원 받는 비정규직으로 사회생활을 시작한 참이었다. 친구의 계좌로 25만 원을 송금하면서 내가 가까스로 나를 건사하고 있다는 느낌이 들었다. 아슬아슬한 월급, 아슬아슬한 자취생활, 아슬아슬한 신분이었지만 나를 둘러싸고 있는 세상에서 어떻든 스스로를 책임지고 있다는 사실이 나를 지탱해주었다.

시작은 옷을 고르는 것이었지만, 월급으로 월세를 내는 일은 생활을 책임지는 것이었으므로 독립이란 게 종종 무서웠다. 그럴 때면 엄마에게 전화를 걸어 어리광을 부렸다. 내일 당장 집으로 오라는 목소리가 언제 어디서든 나를 받아내줄 안전망처럼 느껴졌다. 주소지를 오랫동안 바꾸지 않은 이유 역시 돌아갈 곳이 필요해서였다. 언제 이 도시에서 살았냐는 듯이 돌아가면 그만이라고, 호기롭게 내뱉고 나면 아주 조금 견딜 만했기 때문이다.

월세 25만 원이 전세 대출금 7000만 원이 되고, '서울시'로 시작하는 주소가 신분증에 새겨지면서 나는 더 이상 '힘든데 고향으로 돌아갈까'라는 생각을 하지 않게 됐다. 내가 동경하고 선택한 도시에서 어떻게든 살아가고 싶었다. 죽이 되든 밥이 되든 혼자 해내지 않으면 내 삶을 내 몫으로 지킬 수 없을 것 같았다. 선택하고, 그에 책임을 다하는 과정이 독립의 전부일 테니까.

모든 사람에게는 자신만의 독립의 날이 있다. 그 말은 이전에 가보지 않은 곳으로 더 멀리 발을 내디뎠다는 뜻이기도 하다. 개미똥만 한 월급일지라도 자신만의 취향을 갖고 경제적 독립을 꿈꾸면서. 다달이 전세 이자를 짊어지고 언덕을 오르는 시시포스가 되기로 자진했으니 언젠가는 그로부터 벗어나고 싶다는 욕심을 품게 될지도 모른다.

나에게는 더욱 근사한 '혼자'가 되고 싶다는 바람이 있다. 하지만 독립에 대한 글을 쓰며 깨달았다. 거기로 걸어가는 과정은 결코 혼자일 수 없음을. 걸핏하면 번지수를 잘못 찾는 가족들의 애정에 웃고, 두 마리 고양이의 귀여움에 감동하며 독립생활의 즐거움을 충전한다. 내가 좋아하고 나를 신뢰하는 사람들에게서 위로를 주고받으며 좀 더 나은 인간이 되고 싶다고 생각한다. 혼자 제대로 서 있어서 세상과 건강하게 관계 맺을 줄 아는 인간.

이 책은 욕망과 현실 사이에서 갈팡질팡하며 앞으로 나아가는 독립의 나날, 그 과정에 대한 기록이다.

일기 같은 이야기가 많아 종종 나무에 대한 미안함으로 번뇌를 겪어야 했다. 하지만 기왕 만든 책, 기왕 집어 들었으니 끝까지 읽어주시길 바란다. 실패와 서러움, 가끔은 전화위복으로 점철된 독립생활자의 일기가 당신의 여정에 작은 위안이 되었으면 좋겠다.

제1부

로망이 깨지고 독립이 시작됐다

제2부

생활의 재발견

제3부

멋진 어른이 되는 법은 모르지만

제1부

로망이 깨지고
독립이 시작됐다

취향 주권을 사수하라

내 취향과 방식으로 가득 찬 나의 우주.
진정한 독립이란 여기서부터 시작되는 거라 믿었다.

연신내역에서 오르막길 넘고 횡단보도를 건너 20분 걷다 보면 등장하는 낡은 빌라. 도보 20분이라는 말에 주변 사람들 모두 '히익' 하며 놀랐는데, 나중에 알고 보니 그곳은 지역상 '연신내'가 아닌 '서오릉'에 가까웠다.

빌라 2층에는 호수 판도 없는 수상한 회색 철문 하나가 있다. 장기 털릴까 배를 슬쩍 감싸 안게 되는 비주얼이지만 이곳은 부동산 앱을 싹싹 뒤져 찾아낸 소중한 전셋집. 서울에 올라온 지 7년 만에 얻은 나의 첫 자취방이다.

나는 스무 살 때부터 기숙사와 사택을 전전하며 살아왔다. 서울에서 조금이라도 싼값에 지내기 위해 아침 체조 같은 전근대적 규율을 열심히 수행했고, 룸메이트와의 갈등 없는 생활을 위해 갖은 노력을 기울였다. 힘들 때마다 서울의 무서운 집세를 떠올리며 주문을 외웠다. 노 머니, 노 독립. 그러나 영원히 '프로 긱사꾼'으로 살 순 없는 노릇. 상경 7년 차를 한 달 앞둔 겨울, 나는 독거 인간이 되기로 결심했다.

혼자 사는 것의 가장 큰 매력은 당연히 내 멋대로 집을 꾸밀 수 있다는 점일 테다. 컵 하나부터 매일 덮고 자는 이불까지 마음에 쏙 드는 걸로 채워 넣으리라 다짐했다. 지르고 싶은 인테리어 소품들을 핀터레스트pinterest에서 잔뜩 캡처한 후 머릿속에서 배치했다가 들어내기를 반복했다. 내 취향과 방식으로 가득 찬 나의 우주. 진정한 독립이란 여기서부터 시작되는 거라 믿었다.

하지만, (불길한 역접 접속사의 등장으로 눈치챘겠지만) 그 과정은 결코 순탄치 않았다. 이삿날 오후, 딸의 첫 자취집을 시찰하기 위해 올라온 부모님은 신발을 벗자마자 일사불란하게 움직였다. 지지고 볶으며 20여 년을 함께 해온 2인 1조의 팀워크는 진정 눈부셨다. 엄마는 큰방 한쪽 벽에 행거부터 세웠고, 아빠는 책상을 조립했다.

아니, 아직 거기 뭐가 들어갈지 모르는데! 거침없는 손길을 저지하지 못하고 우물쭈물하는 사이, 내 의도와 전혀 상관없는 가구 배치가 완성되었다. 고향 집에서처럼 책상과 책장이 맞물려 기역 자로 놓였고, 전신 거울을 놓으려던 자리는 커다란 서랍장이 차지했다. 초등학생 때 썼던 좌식 테이블까지 깜짝 등장해 정신이 더욱 혼미해졌다. 용기를 내어 창문 쪽으로 침대를 붙이고 싶다고 의견을 피력했으나….

"화장실 쪽으로 머리를 두면 안 좋다!"

생활용품을 사러 가는 길, 집에서의 패배를 복기하며 이번만은 적극적으로 대응하리라 다짐했다. 가구 배치야 바꾸면 그만이지만 물건은 계속 남아 날 슬프게 할 테니까.

위기는 두 번 찾아왔다. 엄마가 커다란 꽃이 그려진 분홍색 극세사 이불을 카트에 집어넣은 것이다. 세트로 노란색 베개도 함께(물론 꽃무늬). 이 친구들이 내 침대에 깔려 있을 상상을 하자 심장이 아찔하게 진자운동을 하였다. 반쯤 무릎을 꿇고 호소했다. 어머니, 분홍색 이불은 졸업하고 싶습니다. 초딩

때부터 10년 넘게 덮은 핑크색 토끼 이불 잊으셨나요? 악어의 눈물을 찔끔거린 덕에 회색 침구를 살 수 있었다. 우윳빛 커튼에 대한 로망은 아빠의 불호령으로 좌절됐다.

"네가 흰색 천을 감당할 수 있다고 생각하나?"

팩트 폭행에 머리가 멍해진 사이, 엄마가 황동색 블라인드를 날치기로 계산하려 했다. 이외에도 그릇, 수저 세트, 쓰레기통, 욕실 슬리퍼, 발 매트 등등 취향 주권을 지키기 위한 사투는 계속됐다.

집에 돌아와 무채색 전리품들을 한참 동안 바라보았다. 신고식을 치른 느낌이었다. 마음에 쏙 드는 나만의 우주를 만들기 위해 꼭 거쳐야 할 관문. 나를 가장 사랑하고, 내가 가장 사랑하는 사람들에게 '노'를 외치는 것. 까다롭게 구는 딸에게 조금 서운했을진 모르지만 부모님도 조금쯤 깨닫지 않았을까? 품 안의 자식이 어느새 자기 세계를 꿈꾸는 어른이 됐다는 걸. 아무리 못 미덥고 마음에 안 들어도 이제는 진정 '취존'해야 한다는 걸 말이다.

다음 날, 퇴근을 하고 돌아와 화장실 문을 열었다가 깜짝 놀랐다. 변기에 눈부신 레몬색 커버가 씌워져 있었다. 변기에 앉을 때마다 너무 차가워 깜짝 놀란다는 말이 마음에 걸렸던 모양이다. 두 분이 머리를 맞대고 "얘가 그나마 뭘 사야 마음에 들어 할까?" 고민하는 모습이 상상돼서일까. 그 샛노란 변기 커버만은 왠지 미워 보이지가 않았다.

독립 초보자를 위한 당부

아주 잘 아는 지역이 아니라면 집을 보러 갈 땐 공인중개사의 차를 타지 말고 꼭 걸어가세요. 차에 앉아 있으면 거리 감각이 사라진답니다.

콩깍지의 말로

창밖에서 흔들리는 은행나무는 어찌나
감성적인 풍경이던지 홀린 듯 내뱉고 말았다.
"계약할게요."

잘못한 집 계약은 망한 연애와 같다. 이 사실을 깨닫는 데 걸린 시간은 겨우 일주일. 그리고 내 고통 따위 무관하게 2년간은 절대 이 관계를 무를 수 없다는 걸 받아들이기까지 약 1년이 걸렸다. 돌이켜보건대, 모든 불행의 시작은 콩깍지였다.

소개팅에서 첫인상이 중요하다고 말하듯 집을 볼 때도 첫인상이 팔 할이다. 나는 특히 화장실의 첫인상에 집착했는데, 타고난 새가슴이라 핏빛을 연상시키는 자주색 세면대나 너무 오래되어 누군가의 흔적이 켜켜이 쌓여 있는 타일만 봐도 심장이 울렁거렸기 때문이다. 내가 원하는 깨끗한 화장실이 있는 집을 부동산 사장님들은 '신축'이라 불렀고, 가난한 내가 새집을 사랑한 탓에 그들의 안색은 점점 어두워져 갔다.

하지만 상심한 주인공 앞에 운명의 연인이 등장하는 로맨스 영화처럼 내게도 미친 듯이 끌리는 집이 나타났으니! 오래된 빌라였지만 리모델링을 해서 화장실 타일도, 벽지도 모두 새것이었다. 순식간에 광명이 찾아왔다. 깔끔한 무채색 벽지도, 작은 방 전체를 물들이는 햇빛도 완벽했다. 창밖에서 흔들리는 은행나무는 어찌나 감성적인 풍경이던지 홀린 듯 내뱉고 말았다.

"계약할게요."

아주 성급한 판단을 했다는 걸 깨닫는 데는 앞에 썼듯이 고작 일주일밖에 걸리지 않았다. 아무리 보일러 온도를 높여도 방이 냉골이었던 것이다. 이삿날 올라와 하룻밤을 묵은 아빠는 지독한 감기에 걸렸다. 그때까지만 해도 세 식구가 둘러앉아 "아직 방이 덜 달궈졌나보다.", "원래 방을 오래 비워두면 그래." 하며 행복회로를 돌렸다.

아빠와 엄마가 떠나고 오래지 않아 나도 곧 호된 감기에 걸렸다. 밥을 먹고 있으면 손가락이 얼어 뻣뻣해졌다. 내가 집 안에서 사는지 밖에서 사는지 헷갈리기 시작했다. 수리 기사를 불렀지만 보일러엔 이상이 없단다. 보일러 본체에서 뭔가 돌아가는 소리가 들리고 온도 조절기에 초록 불빛이 들어오긴 했다.

용기가 없는 나를 대신해 엄마가 주인아주머니에게 전화를 걸었다. 아주머니는 5분 뒤 내게 상냥한 목소리로 "추위를 많이 타는구나? 집에선 옷을 좀 껴입어요."라고 응답하셨다.

한 달 뒤, 맨발로 바닥을 집요하게 짚어본 후에야 깨달았다. 장판 밑의 보일러 선이 경상도와 전라도를 가로지를 기세로 듬성듬성 깔려 있다는 걸.

또 한 달이 지난 후엔 침실 창문 위에서 일렬로 늘어선 곰팡이들을 마주했다. 곰팡이는 여름에나 피는 건 줄 알았는데…. 패닉에 빠져 그 징그러운 것들을 바라보다가 락스를 사서 돌아왔다. 알고 보니 벽에 단열재 마감이 안 돼 있어서 결로 현상이 생긴 거라고 했다. 주인아주머니는 안타까움이 느껴지는 목소리로 말하셨다.

"집을 너~무 따뜻하게 해놓으니까 그렇지. 집 안이랑 바깥 온도 차이가 많이 나면 결로가 생겨요."

부아가 치밀었다. 잠잘 때마다 코가 시려 죽겠는데 무슨 말씀이세요? 쏴붙이고 싶었으나 새가슴에게 그런 용기는 평생에 한 번 올까 말까다. 외출할 땐 창문을 살짝 열어놓고 나가라는 말에 방범창이 없어 안 된다고 겨우 대꾸했을 뿐이었다.

유백색의 화장실 천장도 곧 같은 수순을 밟았다. 몇 번이나 부활하는 곰팡이들을 죽이고 또 죽이면서 나의 첫 집에 대한 콩깍지는 처참히 떨어져나갔다.

소개팅 첫 만남, 잘생긴 미모에 홀딱 반해 사귀었는데 알고 보니 재활용도 안 되는 쓰레기였더라… 하는 스토리가 떠오르지 않는가. 사람은 만나봐야 진면모를 알 수 있듯이 집도 살아보기 전엔 10분의 1도 제대로 알 수 없기에 번듯했던 첫인상은 울화통이 되어 돌아왔다. 생김새에 눈이 멀어 다른 건 꼼꼼하게 따져볼 생각도 안 했던 내 콩깍지는 어떻고!

불행 중 다행인 것은 망한 연애에도 배울 점이 있다는 사실이다. 연애를 할수록 좀 더 좋은 사람을 알아보는 눈이 생기는 것처럼 집을 보는 안목도 경험을 통해 성장하니까. 특히 치가 떨리게 싫었던 점만은 피해가려고 필사의 노력을 다하게 된다.

대로변의 오피스텔에서 살던 친구 H는 자동차 소음 때문에 귀마개를 끼고 자는 생활을 몇 년 하더니 아주 노이로제에 걸려버렸다. 이사를 결심한 후 마음에 드는 오피스텔이 나오자 그녀는 부동산에 양해를 구해 낮과 밤에 한 번씩 그 집을 방문해 10분간 말없이 서 있었다고 한다. 고요한 와중에 들리는 소음을 체크하기 위해서.

인간은 이렇게 학습의 동물이다. 그러니 이번 선택이 망했다고 좌절하지 말라. 우리에겐 언제나 다음이 있다.

독립 초보자를 위한 당부

예쁜 이모티콘을 붙인다고 예쁜 말이 아니듯이 도배와 장판을 새로 했다고 새집이 아니랍니다. 못생긴 벽지보다는 보일러의 연식이나 수압, 방음처럼 바꿀 수 없는 요소들을 집중 체크하세요!

악마의 목구멍을 보았다

지축이 흔들리듯 우렁찬 소리와 함께
눈앞에서 폭포수가 쏟아졌을 때,
나는 귀신에 홀린 듯 멍하니 서 있었다.

자취생 누구나 잊지 못할 에피소드 하나쯤 가슴에 품고 산다. 당장 SNS나 커뮤니티 댓글만 봐도 주옥같은 사연들이 가득하다. 예를 들면 이런 이야기. 계약기간이 끝났는데 전세보증금을 받지 못해 2주간 차에서 지낸 사람이 있었다. 그는 창문에 선팅이 안 돼 있어 신문을 덕지덕지 붙인 채 옷을 갈아입었다고 한다. 한 미대생은 수전에서 녹물이 쏟아지는데 그것이 '브릭 레드' 색상으로 보였다고 적어 모두의 탄식을 자아냈다.

내가 그 배틀에 참전했다면 아마 첫 문장을 이렇게 썼을 것

이다. '자취방에서 악마의 목구멍을 보았다.'

브라질과 아르헨티나의 국경에 있는 이구아수 폭포. 압도적인 물줄기가 세상을 빨아들이는 것 같다고 해 '악마의 목구멍'이란 별명이 붙었다.

지축이 흔들리듯 우렁찬 소리와 함께 폭포수가 쏟아졌을 때, 나는 귀신에 홀린 듯 멍하니 서 있었다. 그 '악마의 목구멍'이 남미가 아닌 우리 집에 있었기 때문이다.

때는 춥다 못해 칼바람에 볼이 베어나갈 지경이었던 혹한기. 적당히를 모르는 날씨가 3개월 넘게 이어지고 있었다. 온수 매트, 발열 내의, 수면 양말, 기모 바지. 보드랍고 포근한 것들을 잔뜩 사 모으며 월동 준비를 성공적으로 마쳤다고 자부했건만, 긴 겨울은 기어이 나를 피폐하게 만들고 말았다. 무거운 옷에 어깨가 짓눌리고, 갈라진 피부와 함께 마음도 버석버석해졌다.

때마침 회사에서 장기근속 휴가가 나와 당장 여름 나라로 가는 비행기 표를 끊었다. 태국 북부에 위치한 치앙마이는 낮엔 따사롭고 밤엔 선선한 완벽한 날씨를 선사했다. 선베드에 누워 물 없이 수박으로만 갈아낸 땡모반을 마시고 있으면 극락이 따로 없었다. 마침내 마주한 삶의 아름다움을 혼자만 만끽할 수 없어 친구들에게 끊임없이 사진과 영상을 보냈다. 답장은 대부분 비슷했다.

"야. 돌아오지 마. 여기 진짜 추워. 미쳤어."

잠깐 도망갔다 돌아오면 한풀 꺾일 줄 알았는데, 시간이 멈춘 듯 모든 게 똑같았다. 시커먼 김밥의 형상을 하고 거리를 걷는 사람들도, 살갗을 저며버릴 기세의 칼바람도. 어서 뜨거운 물로 샤워를 하고 싶다는 일념으로 묵묵히 집까지 캐리어를 끌었다.

방 안은 싸늘했다. 급하게 보일러 화면을 확인하니 19도로 맞춰놓은 온도가 '9도'로 떨어져 있었다. 실내 온도 9도. 가슴에 비수가 날아와 꽂혔다. 설마…. 눈앞에 펼쳐진 현실을 애써 부정하며 물을 틀어보았지만 온수는커녕 냉수도 나오지 않았다.

토요일이라 AS 센터는 전화를 받지 않았고, 전국적으로 동파 문의가 많았는지 직접 취할 수 있는 조치에 대한 안내가 흘러나왔다. 보일러 열선 두 개를 드라이어나 뜨거운 물로 녹인 다음 보온재로 감싸 따뜻함을 유지해야 한다고 했다. 그때까지만 해도 나는 희망을 놓지 않았다. 인터넷에 비슷한 경험을 한 사람들이 많았기 때문이다. 그들은 하나같이 말했다. 끈기 있게 데우면 아무리 꽝꽝 얼어 있던 물도 흐르게 돼 있다고.

그래, 그들의 간증을 믿자. 자꾸 고개를 쳐드는 불안감을 애써 잠재우며 드라이어를 켰다. 20분, 30분, 40분. 아무런 변화가 없었다. 커피포트에 물을 끓여 열선 위에 부어보기로 했다. 베란다와 부엌을 세 번쯤 들락거렸을까. 얼어붙은 선 위로 아지랑이가 피어나더니 미리 열어놓은 화장실 수전에서 쫄쫄 물 흐르는 소리가 들려왔다. 됐다! 냉수가 나왔으니 배관을 더 녹이면 뜨거운 물도 해결되리라.

창밖엔 어느새 짙은 어둠이 내려와 있었다. 비행기에서 쌓인 여독을 풀지도 못한 채 반나절을 보일러와 씨름한 탓에 미친 듯이 피곤했다. 제발 뜨거운 물로 씻고 자고 싶었다. 그 순간, 정성에 탄복했는지 보일러 안에서 무언가 우웅 돌아가기 시작했다. 함성이 절로 튀어나왔다. 이제 쉴 수 있겠다는 기쁨과 혼자서 보일러를 고쳤다는 성취감이 동시에 밀려들었다.

그리고 3초 후, 물이 쏟아져내렸다. 악마의 목구멍에서 토해내는 폭포수처럼 맹렬한 기세로. 그 기세에 압도된 나는 그리스 신화 속 어리석은 인간들처럼 돌이 되어버렸다. 멍청하게 서 있는 동안 물은 발등까지 차올랐고, 곧이어 펑 터지는 소리와 함께 집 안의 모든 불빛이 암전되었다.

월요일 저녁에 지친 얼굴로 방문한 기사님은 보일러는 당연히 바꿔야 하고, 방바닥으로 가는 배관까지 얼었으니 스팀기로 녹여야 한다고 했다. 총 견적 90만 원. 치앙마이 2주 생활비와 맞먹는 금액이었다. 하지만 상황은 의외의 지점에서 반전을 맞이했다. 주인아저씨의 요청으로 전화를 받은 기사님의 소신 발언 덕분이었다.

"보일러가 16년 됐네요. 솔직히 교체 시기는 한~참 지났습니다."

나는 20만 원만 내고 새 보일러를 득템하게 되었다. 원래 온수가 나왔다 말았다 하는 증상이 있었는데 보일러를 교체하자 언제 그랬냐는 듯 뜨거운 물이 기운차게 쏟아졌다. 내가 원할 때 나오는 물줄기는 참 고마운 것이었다. 냉골에 며칠간 고립된 탓에 한동안 콧물이 떨어지질 않았지만 결론적으론 전화위복이 된 셈이다.

이 에피소드는 꽤 오랜 시간 나의 근황 토크 왕중왕전을 차지했다. 특히 클라이맥스, 보일러에서 물이 쏟아지는 걸 바라보던 나의 황망한 표정을 생생하게 재현하는 데 공을 들였다. "어떡해!" 하며 이야기에 집중하던 사람들이 웃음을 터뜨리면 당시엔 진지했던 모든 사투가 한 편의 시트콤처럼 느껴졌다.

코미디언 김숙이 송은이와 함께 진행하는 팟캐스트에서 이런 취지의 이야기를 한 적이 있다. 쪽팔린 일, 난감했던 일이 많으면 많을수록 좋다고. 두고두고 웃으며 이야기할 수 있는 에피소드가 생기는 거니까. 안주처럼 꺼내 먹을 수 있는 이야기가 많은 사람의 삶이 훨씬 재밌지 않겠냐는 말이 무척 설득력 있어서 곤경에 대해 새롭게 바라보는 계기가 됐다.

물론 그 곤경은 지나고 보면 껄껄 웃을 수 있는 수준이어야 한다. 만약 내가 90만 원을 다 내야 했다면, 그래서 생활이 무척 쪼들렸다면, 결국 잘 붓고 있던 적금을 깨야 했다면? 이야기할 때마다 속이 쓰려 눈물이 났을 것이다.

앞으론 새해 인사를 이렇게 건네 볼까 싶다. 큰 시련 말고 소소한 시련이 가득한, 재밌는 한 해 되세요.

독립 초보자를 위한 당부

혹한기에 오래 집을 비울 때, 가스비 아끼겠다고 보일러 온도를 20도 미만으로 맞추지 마세요. 견적 얼마 나왔는지 보셨죠?

내가 힐세권에 살아봐서 아는데

나는 힐세권에 산다.
아찔한 언덕을 올라야 하는 힐세권.

부동산 업계의 네이밍 센스는 정말이지 무릎을 탁 치게 만든다. 지하철역과 가깝다는 뜻의 '역세권.' 이 단어는 제일 앞 글자만 바꿔 끊임없이 변주된다. 주변에 숲이 있으면 '숲세권', 학군이 훌륭하면 '학세권', 쇼핑몰과 가까우면 '몰세권'. 역세권도 그냥 역세권이 아니라 지하철역과 3분 이내면 '초역세권', 근방에 역이 두 개면 '더블역세권'이라고 부른다. 귀에 쏙쏙 들어오고 이해도 쉬워 들을 때마다 감탄하고 만다.

요즘 대세는 '힐세권'이다. 호수나 공원처럼 여유를 즐길 수 있는 공간이 지척에 있는 경우 홍보 문구에 등장하는 단어다. 힐링과 '~세권'의 합성어라고 할 수 있겠다. 나도 힐세권에 산다. 집에 가기 위해선 아찔한 언덕을 올라야 하는 힐hill세권.

경사와 길이가 상당해서 집에 방문하는 사람들이 꼭 한마디씩 한다. 언덕 때문에 우리 집에 오기 싫다고 선언한 친구도 있었다. 하지만 4년 연속 언덕 위에 살고 있는 사람으로서 힐세권이 무시당하는 것이 늘 안타까웠다. 힐세권은 주식으로 치면 저평가 우량주다. 언덕만 견딜 수 있다면 수많은 장점을 안겨준다. 한번 읽고 판단해보시라.

1. 고요하다

대로변에 있는 집은 퇴근할 때 가까워서 너무 좋다. 하지만 그만큼 차도와 가깝다는 뜻이기도 하다. 밤새 들리는 차, 오토바이 소음 때문에 고통받았다는 이야기를 힐세권에 사는 나는 단 한 번도 공감해본 적이 없다.

또 힐세권은 필연적으로 유흥가와 멀다. 당신이 창업자고 술집이나 노래방을 하려고 한다면 당연히 사람들의 발길이 자주 닿는 번화가에 열지 않겠나. 상권으로 매력이 없다는 것은 반대로 거주하기에 좋다는 뜻이기도 하다. 불쾌하게 취해 서

로에게 삿대질하는 취객들을 마주치지 않아서 좋고, 월요일 아침부터 그들이 부쳐낸 전 때문에 안구 테러를 당할 일이 없다.

2. 나무 뷰

진짜 공기 좋고 새소리 들리는 숲세권에 살려면 차가 필수일 것이다. 하지만 힐세권에 있는 집은 시야가 트여서 저 멀리 산이 보이거나 동네 동산과 고도가 비슷해서 창문으로 뜻밖의 나무 뷰를 즐길 수 있다.

3. 집을 사랑하게 된다

북유럽 사람들은 첫 월급을 받으면 아름다운 의자를 산다고 한다. 1년 내내 햇살 보기 힘든 날씨라 집에서 많은 시간을 보내기 때문이다. 언덕 위에서 사는 한국의 직장인도 비슷한 심정이다. 하루의 대부분을 회사에서 보낸 후, 끝날 듯 끝나지 않는 언덕을 오르다 보면 한 가지 생각뿐이다. '집…! 집에 가고 싶다!' 그렇게 힘들게 도착한 집이 예쁘고 아늑하면 안정감이 두 배다. 나는 똥손이라 그럴싸한 인테리어는 못 하지만, 내 마음에 드는 집을 만들기 위해서 노력한다.

4. 물건을 살 때 신중해진다

침대 프레임이나 책상 같은 큰 가구를 바꾸고 싶을 때면 가파른 빙판길에서 흔들리던 이사 트럭을 생각한다. 그 모습을 바라보던 내 거친 생각과 불안한 눈빛도. 웬만하면 물건을 늘리지 말자는 쪽으로 결론이 난다. 미니멀리스트까진 못 돼도 중가니스트쯤은 유지하게 도와준다.

5. 계획적으로 살게 된다

실내 지향 영역 동물들은 밖에 나가기 전 수많은 장애물에 부딪힌다. 척추에 힘을 줘서 일어나 앉는 것, 세수, 간단한 치장…. 생각만으로도 지친다. 여기에 긴 언덕까지 추가된다면? 모든 것을 한번 나갔을 때 해결해야 한다. 들러야 할 장소에 핀을 꽂아 효율적으로 동선을 짜고, 필요한 물건들을 메모해 빠짐없이 구입한다. 요새를 벗어나기 전 만반의 준비를 하는 군인처럼.

6. 위생 관념이 발달한다

살다 보면 샤워가 귀찮은 날도 있고, 그래서 어물쩍 빼먹는 날도 생기기 마련이다. 그러나 여긴 힐세권이다. 신발을 벗기도 전에 땀을 흘리고 있을 가능성이 높다. 가방을 내려놓자마자 옷을 벗고 욕실로 들어가는 건 자연스러운 수순. 아, 겨울엔 새로 산 패딩이 얼마나 따뜻한지 실험할 수 있는 기회를 얻게 될 것이다.

7. 건강 체크가 가능하다

많은 이들이 모르는 사실인데 언덕에는 건강 체크 기능이 탑재돼 있다. 애플워치 없이도 심박 수 체크가 가능하다. 유난히 걸음을 옮기는 게 힘든 날이 있지 않나? 숨이 심하게 차는 날은? 열 발자국 걷다가 쉬고, 열 발자국 걷다가 캑캑거리는 스스로를 보며 놀란 날. '이러다 죽겠는데?' 싶은 생각이 들며 운동을 등록할 마음이 생긴다.

8. 현대 문명의 위대함을 체감할 수 있다

요새에 사는 사람에게 당일 배송은 혁명이다.

9. 불쌍한 딸 떡 하나 더 준다

부모님의 감정이입 능력은 대단하다. 우리 집에 와서 언덕을 같이 올라보면 그때부터 '짠함 지수'가 두 배쯤 상승하는 듯

하다. 통화할 때마다 "어휴, 이렇게 더운데 언덕을 어떻게 올라다니냐.", "길이 너무 얼었다. 넘어지기라도 하면 어쩌냐." 울상이다. 진짜 괜찮아서 괜찮다고 말하는 건데, 고향에 있는 엄마 아빠 걱정 안 시키려고 씩씩한 척하는 착한 딸로 여겨지기 일쑤다. 그 덕에 가끔 날아오는 용돈과 반찬이 살림살이에 큰 도움이 된다.

10. 평화로운 발품 철

　계약기간 종료 두 달 전, 내가 발품을 파는 것처럼 다른 사람들도 이사 갈 집을 찾아 헤매기 시작한다. 나처럼 그들도 '밑져야 본전'이라는 마음으로 수많은 집을 보러 다니기 때문에 그 시기엔 부동산과 시간을 조율해 집 구경시켜주는 게 일이다. 하지만 언덕이라는 진입장벽에서 많은 사람이 걸러지고, 힐세권의 진가를 아는 이들만 방문하기 때문에 남들보단 잔잔한 발품 철을 보낼 수 있다.

독립 초보자를 위한 당부

힐세권의 가장 매력적인 점을 빼먹었군요. 부동산의 팔할은 입지입니다. 그래서 비슷한 컨디션이라도 언덕 위에 있으면 가격이 상대적으로 저렴하게 나온답니다. 저희 집은 방 2개짜리 빌라인데 평지에 있는 5분 거리의 원룸 오피스텔보다 싸거든요. 꼭 오피스텔이 아니어도 괜찮다면 집을 구할 때 힐세권을 찾아보시길.

음식물 쓰레기통 미스터리

"너무 예민한 거 아냐? 심각하게 생각하지 마."
분명 위로를 받았는데 절망적인 기분이 들었다.

스릴러 영화의 99퍼센트는 평화로운 일상에 균열이 가는 장면으로 시작된다. 너무 별것 아니라서 고개를 한 번 갸웃거리고 잊고 마는 작은 전조 현상. 하지만 이를 대수롭지 않게 여긴 주인공은 결국 끔찍한 존재로부터 목숨을 위협받게 되는데….

월요일 아침 엘리베이터 앞에 멀거니 서서 이런 상상을 한 이유는 음식물 쓰레기통의 부재 때문이었다. 일주일에 세 번, 종량제 봉투에 음식물 쓰레기를 담아 내놓는 그 '통'이 갑자기 사라진 것이다. 베란다에서 현관문 옆으로 퇴출된 지 2주 만이었다.

　퇴출의 이유는 '바 선생' 때문이었다. 고양이들이 유난히 부산스럽던 새벽, 심상치 않은 느낌에 눈을 뜨자 어마어마한 크기의 바 선생이 벽에 찰싹 달라붙어 있었다. 얼핏 보면 중학교 2학년 때 담임선생님이 즐겨 차던 적갈색 보석 브로치 같기도 했다. 사태 파악을 못한 채로 비몽사몽 앉아 있는데, 창문으로 들어오는 가로등 빛에 플래시를 받은 것처럼 번쩍 그의 용안이 드러났다.

　나는 바퀴벌레를 집까지 태우고 온 제트기가 음식물 쓰레기통이라고 확신했다. 아침에 길에 내놨다 밤에 들이는 데다 바퀴벌레가 좋아할 만한 것들이 가득하니 만찬을 즐기다 방 안까지 잠입한 게 틀림없었다. 그래서 쓰레기통을 밖에 내놓았더니 아예 증발해버린 것이다.

　이상한 일은 그날 저녁부터 펼쳐졌다. 퇴근을 하자 사라졌던 음식물 쓰레기통이 무슨 일이 있었냐는 듯 돌아와 있었다. 내 마음속에 상상 친구 '빙봉'이 건재했다면 '아침부터 밤까지 신나는 모험을 펼치고 돌아왔구나!' 생각할 수 있었겠지만, 하루에도 열두 번씩 인류애가 소멸하는 어른이 되어버린지라 그런 귀여운 발상은 불가능했다.

대신 한 남성이 원룸 계단에 담뱃갑을 세워놓고 그 안에 핸드폰을 넣어 혼자 사는 여성의 집 비밀번호를 촬영했다는 뉴스가 떠올랐다. 굳이 핸드폰을 집어넣을 필요도 없다. 초소형임을 자랑하는 다양한 모양의 몰카가 대형 커머스 사이트에 떡하니 올라와 있으니, 마음만 먹으면 누구나 쉽게 불법 촬영을 할 수 있다. 이런 세상에서 사라졌다 돌아온 물건을 의심하는 건 당연했다.

수상해서 집에 들여놓지 못한 쓰레기통은 이튿날 아침에 또 감쪽같이 사라졌다. 그리고 역시 저녁이 되자 나를 놀리기라도 하듯 그 자리에 고대로 놓여 있었다. 심장이 쿵 떨어지는 것 같았다.

애인은 나에게 뭘 그리 걱정하냐며 빌라 관리인이 잠깐 보관해준 게 아니냐는 새로운 가능성을 제시했다. "아주머니가 대체 왜?" 반문하자 "누가 훔쳐 갈까 봐?"라고 대답해 그의 마음엔 '빙봉'까진 아니더라도 인류애가 살아 있다는 사실을 증명해보였다. 아빠의 반응도 별반 다르지 않았다. 내가 어릴 때 책을 많이 읽어서 상상력이 풍부하다며 껄껄 웃더니 너무 심각하게 생각하지 말라고 나를 토닥였다. 분명 위로를 받았는데 절망적인 기분이 들었다. 세상에서 나를 가장 사랑한다는 두 남자조차 나의 두려움에 공감하지 못했기 때문이다.

그들의 말대로 알고 보면 시시한 해프닝이었을지도 모른다. 친절한 이웃이 내 쓰레기통을 잠깐 맡아줬거나, 누군가 훔쳐 갔다 밤이 되면 죄책감이 밀려와 돌려줬거나. 나도 세상을 그렇게 아름답게 바라보고 싶다.

하지만 그러기에 이곳은 너무 위험하다. 택배 받을 때 쓰기 좋은 험상궂어 보이는 남자 이름 리스트가 인터넷에 돌아다니고, 얻어맞거나 스토킹 당하지 않고 헤어지는 '안전 이별'이라는 단어가 존재한다. 나는 배달 음식을 직접 받지 않는다. 앱으로 결제 후 현관문 앞에 놓고 가달라고 요청한다. 한번 떡볶이를 시켰다가 배달원에게 치근대는 메시지를 받았는데, 그러니까 조심해야지 왜 배달 음식 같은 걸 시키냐는 핀잔을 들었기 때문이다.

조심할 것 천지인 세상에선 예민하게 굴 수밖에 없다. 무슨 일을 당하든 네 탓이지만 유난은 떨지 말라는 말은 '열림 교회 닫힘'만큼이나 모순적인 소리다.

나는 왜 한낱 음식물 쓰레기통이 사라진 것에 두려움을 느껴야 했을까? 그 이유가 아닌 유난에만 집중한다면, 나는 사랑하는 사람들과의 대화에서 번번이 절망해야 할 것이다.

2회차 고양이

뭔가가 넘어지고, 뒤집어지고, 떨어지면
나도 모르게 튀어나오는 이름.

우당탕탕! 명랑만화 같은 의태어와 함께 물그릇이 엎어지고 빠른 리듬의 발소리가 방 안으로 사라졌다. 책상 앞에 앉아 있던 나는 고개를 돌리지도 않고 외쳤다.

"당고야!"

뭔가가 넘어지고, 뒤집어지고, 떨어지면 나도 모르게 튀어나오는 이름. 우리 집에 온 지 넉 달 만에 당고는 내게서 파블로프의 개보다 빠른 조건반사 반응을 이끌어내는 데 성공했다.

쭈그려 앉아 바닥을 닦고 있는데 왠지 정수리가 따가웠다.

퐁이가 캣폴 제일 위층에서 나를 내려다보고 있었다. '네 팔자 네가 꼬지.' 대략 이런 표정으로.

한숨과 함께 휴지를 다시 들어올린 순간, 종아리에 보드라운 털이 감겨왔다. 혼내는 시늉이라도 하려 했건만 발목에 닿는 까슬한 혀의 촉감에 마음이 간질간질. 전의를 상실해버렸다. 무슨 일이 있었냐는 듯 눈을 감고 고롱고롱 소리를 내는 녀석에게 오늘도 완패. 당고는 분명 이번 생이 2회차일 것이다.

솔직히 말하면, 순전히 퐁이의 친구가 되어주길 바라는 마음으로 당고를 데려왔다. 내가 회사에 있을 때, 평일의 노동을 보상받겠다고 이리저리 쏘다닐 때 불 꺼진 방에 혼자 있을 퐁이가 외로울까 봐. 고민만 하다 퐁이가 세 살이 될 무렵에야 결심을 굳혔다. 만지는 것조차 겁날 만큼 작았던 아기 고양이가 어엿한 털 뚱뚱이로 성장하는 동안 나도 그럭저럭 숙련된 집사의 반열에 들게 됐으니까.

자신감에 빠진 나는 한 가지를 간과하고 말았다. 사람처럼 고양이들의 성격도 모두 다르다는 사실을. 퐁이는 젠틀한 룸메이트였다. 기껏해야 노트북 키보드를 깔고 앉아 일을 방해하는 게 전부인 초보 집사 맞춤형 고양이였던 것이다. 귀족처럼 우아한 주인님을 모시고 살던 나는 에어컨 배관에 발톱을 콱 박아 넣고 천장까지 타고 오르는 맹수를 보며 할 말을 잃었다. 장르가 너무 다르잖아!

그보다 더 어려웠던 것은 두 룸메이트가 서로를 받아들이게 만드는 과정이었다. 고양이 합사가 힘들다는 사실은 익히 들어 알고 있었기 때문에 매뉴얼을 철저히 지켜 성공적인 합사를 이루어내리라 전의를 불태웠다. 바로 얼굴을 마주치게 하는 것은 금물. 격리된 상태에서 서로의 기척과 냄새를 느끼며 다른 고양이가 집에 있음을 천천히 인지시킨 후에 접촉의 범위를 넓혀가야 한다고 했다.

하지만 당고는 고작 생후 6주 차에 우리 집에 왔다. '애옹 애옹' 애처롭게도 울었다. 낯선 고양이의 울음소리에 심기가 불편해진 퐁이의 눈치를 살피며 하루에 열두 번씩 당고의 방에 들락거렸다.

두 손바닥에 폭 담길 만큼 작은 고양이를 안고 있으면 심장 아래쪽이 뻐근해졌다. 장난감을 흔들어주고, 잠을 자려고 누우면 쓰다듬어주고, 그러다 그 옆에서 함께 잠들기도 하며 한 지붕 두 집 살림을 2주 넘게 이어갔다.

나는 퐁이가 늘 고양이치곤 둔하다고 생각했지만 집사의 외도를 못 알아차릴 정도는 아니었다. 친구들이 놀러온 날, 한 친구가 침대 밑에 숨은 퐁이의 시선이 내가 들어간 방문에만 고정돼 있다는 사실을 알아차렸다. 한곳만 뚫어져라 쳐다보는 호박색 눈은 억울하고 슬퍼 보이기까지 했다.

"너 애랑 상의한 거 맞아? 아닌 것 같은데?"

내가 퐁이에게 상처를 주고 있는 걸까. 마음이 철렁했다. 혼자가 더 행복했다고 말하고 있는 거라면 어떡하지.

그런 와중에 예상치 못하게 합사 프로젝트가 어그러졌다. 그새 쑥쑥 자라 몸에 속도가 붙은 당고가 문이 열리자마자 탈출해 퐁이 앞에 모습을 드러낸 것이다. 퐁이는 심증만 있던 존재가 제 앞에 나타나자 무척 당황했다.

'그래도 아기니까 좀 봐주지 않을까' 했던 생각은 패를 까보니 완전히 오산이었다. 스트리트 출신의 아기 맹수는 자신보다 세 배나 큰 고양이 앞에서도 쫄아붙는 법이 없었다. 퐁이가 어설프게나마 서열 정리를 시도할라치면 앙증맞지만 파괴력이 엄청난 발톱으로 반격을 시도했다. 엉겨붙어 싸우다 도저히 안 되겠다 싶으면 벌러덩 드러누워 항복. 치고 빠지는 전술을 본능적으로 구사하는 새끼 고양이에게 퐁이는 압도적인 우

위를 점하지 못했다(지금도 마찬가지로).

당고 녀석. 아무리 생각해도 고양이 경력직인 것이 틀림없다.

두 얼굴의 맹수는 밤이 되면 침대 위로 올라와 내 겨드랑이 틈새에 꾸물꾸물 자리를 잡는다. 턱을 내 몸에 단단히 받치고 편안하다는 듯 스르륵 눈을 감는다. 도도한 게 매력인 룸메이트에게선 받아보지 못한 적극적인 애정 공세다. 흐물흐물해진 나의 입매를 해먹 위에 앉은 퐁이가 쩨려보는 것 같다.

"퐁아, 너도 이리 와."

퐁이에게 손짓하자 몸을 뒤척여 자세를 바꿔버린다. 내가 기대했던 그림은 엉덩이를 맞대고 잠을 자는 두 고양이였건만, 실제로 얻은 것은 로켓처럼 날아다니는 '개냥이'다. 퐁이에게는 정말 할 말이 없어졌다. 결과적으로 나 좋은 일이 돼버렸으니까.

다행스럽게도 두 고양이는 무심하게 각자의 자리에서 시간을 보내다 눈 맞으면 '우다다' 한 번, 빈정 상하면 씨름 한판 하는 지극히 평범한 형제 관계로 발전했다. 좀 더 다정하게 지내면 좋겠다고 생각하다가도 욕심부리지 말자고 다짐한다.

그냥 건강하게만 살아다오. 오래오래 내 옆에서.

유니콘 내 곁에

민들레 홀씨처럼 휘휘 날아다니기를 10년.
문득 유대감이라는 진득한 느낌이 그리워졌다.

"동네 친구? 서울 토박이들에게만 있는 유니콘 같은 존재지."

대구가 고향인 선배가 점심을 먹다 말고 날린 명언이었다. 나는 받아 적을 기세로 격하게 고개를 끄덕였다. 한동네에 오랫동안 뿌리내리고 살면서 자연스럽게 친해진 친구. 오밤중에 "야, 잠깐 볼래?" 한마디에 슬리퍼를 직직 끌고 나가 만날 수 있는 스스럼없는 사이. 존재 비용을 줄이는 것이 일생일대의 과제인 시골 쥐에게는 모두 유니콘일 뿐이다. 허락되는 곳에 잠깐 내려앉았다가 '후' 불면 다시 날아가야 하는 민들레 홀씨와 사정이 비슷한 탓이다.

그렇게 휘휘 날아다니기를 10년. 문득 유대감이라는 진득한 느낌이 그리워졌다. 언젠가 지금 사는 동네를 떠올렸을 때 거리나 식당 말고 사람도 함께 떠올랐으면 싶었다. 가까운 거리에서 느슨하게나마 연결되어 있다고 느껴지는 친구가 절실했다. 하지만 바란다고 냅다 하늘에서 떨어지면 유니콘이 유니콘일 리가.

발상을 전환해 그냥 친구를 동네 친구로 만들어야겠다는 계획을 세웠다. 친한 언니들에게 미끼를 던졌다.

"언니들, 우리 한동네 살면서 떡볶이도 시켜 먹고 산책도 같이 하면 너무 좋을 것 같지 않아요?"

언니들은 호의적인 답변과 하트 눈이 튀어나오는 이모티콘으로 화답했다. 하지만 초보 낚시꾼이 몰랐던 점이 있었으니, 그들이 여간해선 쉽게 끌려오지 않는 힘센 물고기들이었다는 거다. 서로 자기 동네로 오라고 아우성을 치는 가운데 프레젠테이션만 몇 날 며칠 이어졌다. 우리 동네는 교통이 좋다, 우리 동네는 집값이 싸다, 우리 동네는 깔끔하다…. 모든 점을 다 충족하는 곳은 시골 쥐들 처지에 불가하니 다들 각자의 우선순위가 있을 터였다. 낚시 실패.

그러던 어느 날, 그중 한 언니가 생소한 이름의 지하철역 근처로 이사를 갔다. 그러더니 나에게 미끼를 던지기 시작했다. 새로 지은 도서관의 반짝반짝한 자태와 푸르른 공원을 담은 사진. 여기 정말 살기 좋다는 감탄과 함께 자기와 함께 산책을 하자고 꼬셔대는 것이었다. 반쯤 넘어갔다가도 살짝 시큰둥해지면 귀신같이 알고 이런 문자를 보내왔다.

'유니콘, 어디까지 오고 있나요?'

외로움에 지쳐 있던 시골 쥐의 심장은 요동쳤다. 그동안의 이사 인생에서는 가성비가 최고의 가치였는데 처음으로 다른 기준으로 동네를 골랐다. 기쁜 마음으로 미끼를 물었다. 언니 집과 10분 거리로, 덥석.

유니콘 따라 새로운 동네에 짐을 푼 지 어언 2년. 그토록 원하던 동네 친구와의 급 만남을 매일 만끽하고 있느냐면, 글쎄···. 언니의 표현에 의하면 우린 타이밍이 평행곡선 급으로 안 맞으니까. "엽떡 콜?" 하면 "방금 밥 먹음."이라는 대답이 돌아오고, "무화과 있는데, 가지러 올래?"라는 메시지가 날아오면 "저 야근ㅠㅠ." 하고 돌려주는 현실.

평행곡선이 기적적으로 만난 가을밤에 우리는 함께 집 근처에서 저녁을 먹고, 앉아 있을 만한 편의점을 물색했다. 소프트콘 아이스크림을 하나씩 들고. 못 본 새 이야깃거리가 산더미처럼 쌓여 있었다. 그 사이에는, 힘을 들이지 않아도 대화가 물 흐르듯 이어지는 사람과의 만남이 그리운 순간도 몇 번 있었다.

오랜만의 만남에 마음이 충만해진 나는 동네 친구 예찬론을 늘어놓았다. 같이 밥도 먹고, 산책도 하고, 늦은 밤까지 부담 없이 이야기할 수 있어서 너무 좋다고. 그 순간 언니가 슬쩍 본심을 드러냈다.

"딱 하나 아쉽긴 해. 가을은 '편맥'의 계절인데, 동네 친구가 술을 안 하니 함께 취할 수 없다는 점."

그렇다. 참으로 아쉬운 일이다. 하지만 어쩌겠는가. 완벽한 유니콘은 정말 상상 속의 동물인 것을.

아쉬움도 잠시, 이어지는 언니의 말에 그만 웃음이 터지고 말았다.

"네가 술만 좋아했어 봐. 같은 동네가 아니라 같은 집에 살았지."

로또와 로망

컬러풀한 거품이 뭉게뭉게 욕조를 뒤덮고
향기와 노곤함에 취해 꾸벅꾸벅 졸기도 하는 저녁.

애인은 매주 로또를 산다. 처음에는 영 이해가 안 갔다. 차라리 그 돈으로 커피를 사 먹지 왜 불가능한 일에 돈을 쓸까 싶었다. 알고 보니 애인에게 로또를 사는 것은 일주일을 설레는 마음으로 살게 해주는 일종의 리추얼ritual이었다. 번호를 맞춰보는 행위 자체가 재미있다나. 1등이 되면 나에게 시그널을 보내기로 약속했기 때문에 그가 로또 번호를 확인할 때면 나도 덩달아 심장이 울렁거리곤 한다.

　하루는 로또 1등에 당첨되면 어느 동네에 있는 어떤 집에 살고 싶으냐고 애인이 물었다. 고민 없이 계동에 있는 한옥이라고 대답했다. 관광객이 너무 많아 북촌 주민들이 힘들다는 뉴스를 보긴 했지만, 한옥 마을은 언제나 나의 로망이었다. 세련된 것보다는 옛 정취를 좋아하는 사람이라 그렇다.

한옥의 가장 근사한 점은 정원이 집 안 중앙에 있다는 것이다. 어떤 마루에 앉아도 마당에 심은 나무가 보이고 그 나무는 눈이 올 때, 비가 올 때 모두 다른 풍경을 선사한다. 눈으로 산책하기에 딱 좋다. 병원 외에는 집 밖으로 나가본 역사가 없는 모태 집순이인 내 고양이들에게 구름을 구경시켜줄 수도 있겠지.

어차피 상상하는 김에 최상급으로 해보자면, 정원을 보며 반신욕을 할 수 있는 욕조도 넣어야겠다. 컬러풀한 입욕제 거품이 뭉게뭉게 욕조를 뒤덮고, 그곳에 누워 향기와 노곤함에 취해 꾸벅꾸벅 졸기도 하는 저녁. 그러다 눈을 뜨면 창밖으로 나무가 보이는 거다.

"언젠가는 그렇게 살고 싶다. 언젠가는…."

신나게 말을 늘어놓다가 '언젠가는'이라는 단어가 주는 뉘앙스에 괜히 울적해지고 말았다. 로또 1등 당첨처럼 영원히 오지 않을 날 같아서.

그렇게 바람 빠진 풍선처럼 내 로망이 쪼그라들 때마다 챙겨보는 프로그램이 하나 있다. 넷플릭스의 〈어메이징 인테리어〉. 이 방송에는 타협이란 단어를 모르는 집주인들이 대거 등장한다. 스물두 마리의 고양이들을 위해 집 전체를 거대한 캣타운으로 만들거나 컬링을 너무 좋아해서 집 안에 간이 컬링장을 만드는 식이다. 이외에도 시카고 컵스의 로고로 도배한 집, 2층 전부를 귀신의 집으로 꾸며놓은 공포 영화 마니아의 집 등등 이름값 제대로 하는 어메이징한 집들이 가득하다.

시청자의 입장에서야 그 집들이 놀랍고 좀 과해 보이지만 자신의 이상을 실현해낸 사람들의 얼굴은 무척 행복해 보였다. 그들은 그런 집에서 살기를 오랫동안 꿈꿔왔다고 말했다. 오래 꿈꾸고, 실행해야겠다고 마음먹은 순간부터 모든 자원을 쏟아부어 이뤄낸 것이다. 보트를 집으로 리모델링한 젊은 커플은 그동안 모은 돈과 공사가 진행되는 11개월 동안 번 돈 전부를 말 그대로 올인했다.

자재부터 형태까지 고집스럽게 주인의 취향을 구현해낸 집에서는 화면을 뚫고 나오는 아우라가 느껴진다. 그리고 그것은 보는 사람을 자극한다. 나도 한 번쯤은 내 욕망을 실현해내고 싶다고. 누가 뭐라든 나만의 방향과 방식으로 말이다. 그러니 주눅 들지 말고 마음껏 꿈꾸고, 천천히 로망을 구체화하라고 스스로에게 말하고 싶어진다.

일주일에 한 번 로또를 사는 대신 그 돈으로 넷플릭스 주식을 사는 방법은 어떨까? 로또 1등보다는 넷플릭스 주가가 오르는 게 더 현실적일 것 같은데. 기가 막힌 아이디어라고 생각하며 검색해 보니 넷플릭스 주식은 1주에 약 35만 원이라고…. 로또 살 돈 1년을 꼬박 모아도 안 된다. 역시 더 가능성 있는 쪽이 비싼 법. 이렇게 또 한 번 세상의 이치를 깨닫는다.

마주치지 않을 권리

누구에게도 침범받고 싶지 않은 거리.
창문과 창문 사이에도 퍼스널 스페이스가 필요하다.

시대를 풍미했던 드라마 하나를 회상해보자. 능력 있는 고아가 이상형인 여자. 하늘이 도와 자신이 찾던 남자와 사랑에 빠지고 결혼을 한다. 하지만 남편이 갑자기 친부모를 찾게 되면서 꿈에도 생각 못했던 시월드가 넝쿨째 굴러들어 온다. 주말 저녁, 여탕 텔레비전 앞을 뜨겁게 달궜던 〈넝쿨째 굴러온 당신〉 이야기다.

갑자기 철 지난 드라마 이야기를 끄집어낸 이유는 옆집을 바라보는 내 심정이 그 여자가 겪은 것과 쏙 닮아 있기 때문이다. 닭 쫓던 개가 된 기분. 억울한데 누구를 탓할 수도 없는 신세.

이래저래 서툴렀던 첫 집의 계약기간이 끝나고 좋아하는 언니를 따라온 동네. 연신내 집보다 지하철역과의 거리도 가깝고, 집의 연식도 상대적으로 젊어 무척 만족하며 살고 있었다. 동파 때문에 16년 된 보일러를 교체한 후에는 다른 사람 주기에 아까울 지경이었다. 빚을 내서 그냥 확 사버릴까? 그런 고민까지 하던 참이었다.

고민이 무색하게 얼마 후부터 공사가 시작됐다. 원래 집 옆에는 다 쓰러져가는 2층 주택이 있었는데 이를 허물고 5층짜리 빌라를 짓는 모양이었다. 주말 아침마다 드릴과 망치 소리의 합주 때문에 머리가 깨질 노릇이었다. 무엇보다 새로 짓는 빌라와의 거리가 해도 해도 너무 가까웠다. 창문을 열면 공사 중인 인부 아저씨와 강제 눈빛 교환이 성사되고, 작업하며 담소 나누는 소리까지 생생히 벽을 타고 넘어왔다. 방에 있는 창문은 딱 하나뿐인데 공사 중엔 환기를 시키기도 어려웠다. 그런 나날이 6개월 동안 이어졌다.

갈 곳 없는 분노만이 커졌다. 만약 창문 앞을 벽으로 막아버린다면 정말 가만있지 않으리라. 일조권과 최소 이격거리에 대해 찾아보니, 3층 이상의 건축물을 지을 때는 대지 경계선으로부터 건축물 높이의 절반 이상을 띄어야 한다고 했다. 육안으론 2미터도 안 되어 보이는데 법이 정한 최소 기준은 지켰겠지. 최대한 최소로다가.

다행인지 불행인지 창문 앞에는 벽이 아닌 옥탑방이 생겼다. 옆집의 지대가 우리 집보다 낮은 탓에 옥탑에 사람이 서 있으면 맞은 편 5층에 사는 나와 눈높이가 딱 맞는다. 거기 사는 사람이 집 밖에 나와 있을 때 내가 창문을 열면 무조건 마주치고 마는 구조다. 생각만 해도 머쓱하고 불편하다. 그쪽에서 까치발만 들어도 내 방 풍경이 훤히 보일 정도로 가깝기 때문에 사생활 침해의 우려도 있다.

창문도 마음 편하게 못 여는 집에서 살 수 있을까? 10점 만점에 8점이었던 집에 어느 날 갑자기 찾아온 치명적인 결함. 집주인 아저씨의 생각도 나와 같았던 것인지 어느 날 부동산으로부터 전화가 한 통 걸려왔다. 주인이 집을 매매로 내놨다며 주말에 보러 가도 되냐는 것이었다. 예비 집주인 후보자들에게 몇 번이고 성실히 문을 열어드렸지만 아직까지 거래가 성사되지 않은 모양이다.

건너편 옥탑방도 사정은 마찬가지다. 완공된 지 한참인데 여전히 아무도 입주하지 않은 빈집이다. 분양을 해야 하는 건축주의 입장은 타들어가겠지만, 나는 오랫동안 저 방에 사람이 들어오지 않았으면 좋겠다는 못된 생각을 한다.

우리나라 건축법이 꽤 까다로운 편이라는데 인터넷에는 하루에도 몇 건씩 타인과의 거리 때문에 괴로운 사람들의 질문과 하소연이 올라온다. 우리는 버스 정류장에서조차 앞사람과 자연스럽게 일정 간격을 두고 선다. 누구에게나 침범받고 싶지 않은 거리가 있기 때문이다. 하물며 집은 세상에서 가장 내밀한 공간 아닌가. 적어도 집 안에서만은 이웃과 마주치지 않을 권리가 있어야 한다고 생각한다. 창문과 창문 사이에도 퍼스널 스페이스가 필요하다.

요리 없이 사는 법

요리는 독립생활자의 필수 역량인가?
각자 자신에게 맞는 방식을 찾으면 그만이다.

나에겐 소원이 하나 있다. 먹으면 허기를 없애주는 캡슐이 개발되는 것이다. 물과 함께 꿀꺽 삼키는 것만으로 영양소와 포만감을 한 번에 해결해주는 궁극의 식품 대체재. 인공지능이 바둑을 두는 시대에 왜 식사만은 여전히 전통적인 관점에서 벗어나질 못하고 있는 걸까? NASA에서 실험에 착수했다가 공식적으로 중단했다는 둥 소문만 무성하다.

요리는 효율과 거리가 먼 작업이다. 재료를 사고, 다듬고, 조리하는 데는 한 시간 가까이 걸리지만 먹는 건 금방이다. 그릇을 씻어야 하는 귀찮음은 이루 말할 수가 없고, 초토화된 주방을 치우는 사이 기껏 먹은 음식이 소화되기도 한다. 그럼에도 불구하고 요리를 하기 위해서는 두 가지 동기가 있어야 한다. 내가 만든 음식이 맛있거나 요리하는 과정 자체를 즐기는 사람이거나.

　자취를 처음 시작했을 때는 나도 요리 과정을 즐겨보려고 했다. '백종원 된장찌개' 레시피를 따라 하거나 요리 앱을 스승 삼아 다양한 음식을 시도했다. 간장을 '2 아빠 숟갈' 넣으라면 넣고, 설탕을 치라면 쳤다. 하지만 우리 집과 다른 집의 숟갈 사이즈가 다른 건지 번번이 기대와 다른 결과물만이 나왔다.
　"본인 입맛에 너무 싱겁다? 그럼 소금을 좀 넣어줘유."
　요리 막판에 이런 멘트가 나오면 정신이 혼미해졌다.
　'이게… 싱거운 건가? 뭔가 이상하긴 한데….'
　나의 혀는 맛의 어떤 부분이 부족하고 그것을 무엇으로 채워야 하는지 알아차리지 못했다. 즉 '간'에 대한 감각이 전혀 없었다.
　프랑켄슈타인의 실험실처럼 음식의 탈을 쓴 정체 모를 것들을 만들어내길 여러 번. 나는 요리를 포기했다. '안 되면 빨리 포기하고, 아닌 것 같으면 빨리 무르자'가 내 생활신조다.

그 뒤로 다양한 방식으로 요리 없이 사는 삶을 실험해왔다. 시장이나 식당에서 반찬을 사서 밥만 해 먹는 방법. 김치찌개 1인분을 포장해오면 집에서 세 끼를 거뜬히 먹을 수 있다. 김치찌개와 카레는 오늘보다 내일 더 맛있는 대표 음식이기 때문에 매번 더 깊어진 맛에 감탄하며 먹게 된다. 중국집에서 파는 토마토달걀볶음도 기가 막힌 반찬이다. 다음 날 전자레인지에 데워 먹어도, 냉장고에서 막 꺼낸 채로 뜨거운 밥 위에 올려 먹어도 황홀하다. 역시 맛있는 음식만 먹고 살기에도 짧은 생인 것이다.

반찬 가게까지 걸어갈 엄두도 안 날 만큼 만사가 귀찮을 때는 과일식을 한다. 편의점의 단골 세일 품목인 검은 반점이 생기기 시작한 바나나. 사실 그 반점은 '슈가 스폿' sugar spot 으로 바나나가 잘 숙성됐음을 알려주는 표시라고 할 수 있다. 하지만 사람들이 노랗고 깨끗한 바나나를 좋아하기 때문에 한창 맛있을 때 가장 싼값에 팔린다.

날이 쌀쌀해질 기미가 보이면 고구마를 5킬로그램짜리 박스로 주문한다. 자칭 '고믈리에'라서 매년 시켜 먹는 생산자가 정해져 있다. 인기가 많아 후딱 품절되므로 타이밍을 잘 잡아야

한다. 한 번은 호박고구마를 사서 에어프라이어에 구워 먹고, 한
번은 밤고구마를 시켜 쪄 먹는다. 고구마나 바나나를 메인으로
두고 제철 과일을 곁들인다. 여름엔 참외, 가을엔 무화과, 겨울
엔 딸기 등등. 수분이 많아 생각보다 포만감이 오래간다.

　과일식을 하면 식사의 전후 과정이 확 줄어든다. 썰거나 찌
는 게 다고, 다 먹은 후엔 음식물 쓰레기봉투에 껍질을 탈탈 털
어넣으면 끝이다. 날씨나 농작 상황에 따라 과일 맛에 복불복
이 있긴 하지만 내가 만든 음식보단 무조건 맛있으니 괜찮다.

　요리가 독립생활자라면 꼭 갖춰야 할 역량이라고 생각하는
사람들에게 간혹 충고를 듣는다. 언제까지 사 먹거나 과일 같
은 것으로 '때울' 순 없다는 요지다. 왜일까? 누군가가 집에서
시금치 프리타타나 잡채밥을 뚝딱 해먹을 수 있게 진화했다면
나는 더 편한 방식으로 끼니를 챙기는 요령을 터득한 것뿐이
다. 음식을 만들 때보다 주방 근처에는 얼씬도 안 할 때 더 행
복한 사람이니까. 늘지 않는 요리에 에너지를 쏟기보다는 합
리적인 값을 지불하고 맛과 휴식을 누리고 싶다. 각자 자신에
게 잘 맞는 삼시 세 끼의 방식을 찾아가면 되지 않을까? 그런
의미에서 식사 캡슐은 꼭 개발되어야 한다.

그러나 유감스럽게도 인류의 기술력은 다른 곳에 집중되고 있는 것 같다. 이탈리아의 '로디맨'이란 로봇은 2013년부터 장인에게 피자 만드는 법을 배웠는데, 섬세한 반죽부터 토핑을 얹고 굽는 작업까지 혼자서 다 할 줄 아는 것이 목표라고 한다. 일본에선 스시, 타코야키를 만드는 로봇이 개발됐다고. 이외에도 전 세계적으로 요리하는 로봇을 상용화하기 위해 노력 중이다.

저기, 로봇에게 요리를 가르치는 것보다 인간의 식사를 간편하게 만드는 게 더 빠르지 않을까요? 네?

아무래도 이번 생엔 불가능할 듯하다. 다음 세대는 꼭 식사의 귀찮음에서 벗어나는 캡슐의 혁명을 맛볼 수 있기를!

독립생활자를 위한 팁

요즘 배달 떡볶이는 양이 너무 많아서 앉은자리에서 다 먹어 치울 수가 없더라고요. 먹기 전에 한 번 먹을 양만큼 소분해 얼려놓고, 생각날 때마다 전자레인지에 돌려 먹으면 괜찮은 한 끼가 된답니다. 치킨 못지않게 비싼 떡볶이 값을 아낄 수도 있어요.

마음의 평수

주인보다 넓은 자리를 차지하고 누웠던 밤,
울적하면서도 가슴이 찌르르 떨릴 만큼 좋았다.

엄마에게 전화가 왔다. 엄마 친구의 딸이 서울에 취업을 하게
됐는데 일주일 후에 바로 출근을 해야 하는 바람에 그때까지
묵을 곳이 없다고 했다.

"집 구할 때까지만 너네 집에 있으면 안 돼?"

순식간에 머릿속이 시끄러워졌다. 온갖 살림살이가 방만하
게 널브러져 있고 고양이 털이 휘휘 날아다니는 이 작은 집에,
두어 번 스치듯 본 게 다인 엄마 친구 딸이 들어와서 씻고, 자
고, 출퇴근하고, 둘이 얼굴을 계속 마주친다고? 닭살이 돋았다.

엄마는 전화기 너머 기함한 내 표정을 읽었는지 다른 거 해 줄 필요 없고 '진짜 잠만 재워주면 된다'고 강조했다. 말이 쉽지. 어린 친구가 내 집에서 밥을 먹든 말든 방치하면 퍽이나 마음이 편하겠다. 낯을 많이 가리는 터라 잘 모르는 사람을 살갑게 챙겨주기 위해선 일상의 배로 에너지가 든다. 그래, 포장지 다 벗겨놓고 말하자면 부담스럽고 귀찮다.

그래도 그렇게 말하는 건 인간적이지 못하니까 몇 가지 핑계를 늘어놓기로 했다.

"걔가 고양이 싫어할 수도 있잖아. 알레르기 있으면 어떡해. 우리 집 지하철역이랑 너무 멀어서 다니기 불편할걸? 엄마도 알겠지만 내 방 너무 더러워서 부끄러운데. 퇴근하고 오면 피곤해서 걔를 챙겨주기도 힘들 것 같고…."

주저리주저리 쏟아내는 걸 한참 듣고 있던 엄마가 툭 말을 끊었다.

"너 서울 처음 올라갔을 때를 생각해봐. 생각해보고, 연락 줘."

뒷맛이 찜찜한 통화. 베개에 얼굴을 파묻었다.

서울에 처음 왔을 때의 기억은 아니지만, 면접 전날의 신림동 자취방이 떠올랐다.

졸업하고 이렇다 할 대책 없이 토익 공부만 하다가 자취방 계약이 끝나는 바람에 고향에 내려가 있던 참이었다. 가고 싶었던 회사에서 최종 면접을 보러 오라는 연락을 받았다. 서울에 가려면 네 시간이나 걸리므로 면접 전날 미리 올라가 하룻밤 자야 했다. 회사 근처에 숙소를 알아봐야겠다는 내 말에 전 직장에서 친해진 J언니가 전화를 걸어왔다.

"뭐 하러 돈 쓰노? 니 돈도 없는데. 집이 좀 좁고 광화문에서 멀긴 한데, 니만 괜찮으면 언제든 와서 자도 된다."

다음 날 도착한 J언니의 집은 신림동에 있는 반지하 원룸이었다. 체구가 작은 언니가 들어가도 꽉 차는 집에 키 크고 한 덩치 하는 나까지 발을 들이자 산소마저 부족해지는 느낌이었다. 언니는 새 이불을 깔아주고 작은 방의 3분의 2를 나에게 내어주었다. 아무리 괜찮다고 자리를 무르려 해도 내일 면접 보니까 편하게 자야 한다며 고집을 꺾지 않았다. 길치인 내가 헷갈릴까 봐 버스 타러 가는 길을 몇 번이나 알려준 것도 모자라, 꼭 아침밥을 챙겨 먹고 가라며 집 근처에 일찍 여는 밥집까지 알아봐주었다.

주인보다 넓은 자리를 차지하고 누워 있는 게 염치없고 괜히 언니를 불편하게 만든 것 같아서 울적해졌다.

하지만 한편으로는 가슴이 찌르르 떨릴 만큼 좋기도 했다. 누군가에게 이토록 환대받는다는 사실이. 내가 아주 귀한 사람이 된 것 같아서 면접장에 가는 내내 그 느낌을 떠올리고 또 떠올렸다.

언니는 이렇게 말할 수도 있었을 거다. 나도 재워주고 싶은데 집이 너무 좁네. 너 광화문에서 면접 본다며. 우리 집은 너무 멀어. 지하철역 가는 길도 복잡해서 아침에 찾아가기 힘들거야…. 그랬다면 손님 신경 쓸 필요 없이 평소처럼 편하게 하루를 보냈으리라. 하지만 언니는 이 말을 하는 대신 자기의 시간과 공간을 내어주길 택했다. 부담스럽고 귀찮았겠지만, 기꺼이.

엄마에게 다시 전화를 걸었다. 순전히 J 언니에 대한 부끄러움 때문이었다.

"그 친구 오라고 하세요. 근데, 웬만하면 일주일 안에 집 구하면 좋겠어."

"당연하지!"

호들갑을 떨며 전화를 끊은 엄마가 저녁에 더 좋은 소식을 물어다 주었다.

"서울에 아는 부동산이 있어서 집을 구했대. 내일 올라가서 계약한대!"

100퍼센트의 진심으로 외칠 수 있었다.

"진짜 잘됐다!"

너에게도, 나에게도.

무탈하도다

두 고양이가 건강하게 치고받던 때가 그리운 날.
어쩌면 행복은 무탈함의 다른 이름일지도….

둘째 고양이 당고가 중성화 수술을 했다. 낮에 병원에 입원시
키고 퇴근 후에 데리러 갔더니 수술 부위에 붕대가 둘둘 감겨
있었다. 수액을 맞고 나온 당고는 나를 보자마자 쇳소리를 내
며 울었다. 아파서 이러는 거냐고 울상을 짓자 의사 선생님이
고개를 저었다.

"원래 진짜 아프면 울지도 않아요. 짜증 나서 그럽니다."

짜증 난 주인님을 들쳐 메고 집으로 향하는 길, 본격적으로
성토대회가 열렸다.

"왜 나를 낯선 곳에 내버려뒀냐. 너 때문에 내가 무슨 일을 당했는지 아냐. 무서워 죽는 줄 알았다, 집사 새끼야."

대략 이런 뜻이었으리라. 오라를 받는 심정으로 착실히 대꾸했다.

"응~ 우리 당고 무서웠구나~. 언니랑 집에 가자~. 이제 괜찮아~."

근처에서 걷던 행인이 나를 힐끔 돌아보더니 발걸음을 재촉했다(전 당신이 보지 못한 뭔가를 보고 있는 게 아닙니다. 그저 등 뒤의 고양이와 대화 중일 뿐이에요).

퐁이는 이동장 문이 열리자마자 당고의 똥꼬에 코를 갖다 대고 신중하게 냄새를 맡았다. 미운 정도 정이라고 보고 싶었나 보지? 뿌듯해하는 순간 갑자기 안면 몰수하고 하악, 하악 솜방망이를 날려대는 게 아닌가. 나도 당고도 어리둥절해 눈이 동그래졌다. 병원 냄새 때문에 낯선 고양이라고 생각한 건지 며칠이나 경계를 늦추지 않았고, 급기야 달려들어 때리기까지 했다.

둘의 투닥거림에는 관여하지 않는다는 게 내 철칙이지만 환자를 때리는 건 치사한 행위이므로 주의를 주었다. 평소와 달리 자신을 혼내는 모습에 단단히 삐진 퐁이는 반나절 동안 박스에 들어가 나오지 않았다.

수술 받느라 컨디션이 저하된 룸메이트1과 혼자 외로운 싸움 중인 룸메이트2 사이에서 애꿎은 내 등만 터져나갔다. 둘이 엉겨 붙어 싸우다가 수술 부위를 건드릴까 봐 전전긍긍. 3개월의 진통 끝에 겨우 서로를 받아들였는데 퐁이의 하악질로 다시 사이가 안 좋아지면 어쩌나 안절부절. 사람이나 동물이나 룸메이트란 까다로운 존재인 것이다.

며칠째 돌아오지 않는 당고의 목소리도 큰 걱정거리였다. 평소의 기개는 온데간데없이 바람 빠지는 듯 색색거리는 소리만 나왔다. 수술 직전에 후두경련이 와서 잠깐 숨을 못 쉬었다는 이야기가 계속 떠올랐다. 후두경련이 관련 있는 걸까? 아니면 삽관을 하는 과정에서 목이 다친 걸까?

걱정 위에 걱정이 겹겹이 쌓여 걱정 밀푀유가 만들어질 지경에 이르자, 두 고양이가 건강하게 치고받던 일주일 전이 무척 그리워졌다. 그때만 해도 둘이 다정하게 엉덩이를 붙이고 자는 모습을 볼 수 있다면 참 행복할 거라고 생각했는데… 이제는 그저 예전의 관계와 목소리를 되찾길 바랄 뿐이었다. 생각해보면 그 행복은 남의 인스타그램에서 본 사이좋은 고양이들을 보고 생겨난 욕망이었다. 나는 파랑새를 쫓는 어리석은 치르치르였던 것이다. 행복은 무탈함의 다른 이름이었는데….

며칠 후, 잠결에 두 고양이가 엎치락뒤치락 싸우는 소리를 들었다. 몸이 젖은 솜처럼 무거워 겨우 중얼거렸다.

"퐁아, 동생 때리지…."

'마'를 발음하기도 전에 "깡!" 하는 당고의 비명이 터져나왔다. 비명보다 내 귀를 사로잡은 건 말끔하게 돌아온 목소리였다. 그 소리가 어찌나 낭랑하던지 안도의 미소를 지은 채 다시 스르륵 잠에 빠져들었다.

알람이 울리고, 딱 붙어버린 눈꺼풀을 겨우 떼어내자 당고가 내 눈앞에서 퐁이의 머리를 가격하고 있었다. 수술 후 전투력을 상실해 얻어맞기만 하더니 컨디션도 완벽하게 돌아온 모양이었다. 희한하게 당고가 원래의 하극상 포지션을 되찾자 퐁이의 하악질도 멈췄다(너, 이런 취향이었니?). 아니면 자신에게 거침없이 달려드는 모습을 보고서야 당고임을 인지하게 된 건지. 알다가도 모르겠는 고양이들의 커뮤니케이션.

입에 간식을 하나씩 물려주고 나선 출근길. 엘리베이터 버튼을 누르고 서 있는데, 현관문 너머로 퐁이가 당고를 엎어 치고 당고가 퐁이를 메치는 소리가 들려왔다. 몇 분 후면 언제 그랬냐는 듯 소강 상태가 되어 한 마리는 캣폴 위로 한 마리는 박스 안으로 들어가 낮잠을 잘 것이었다.

모든 게 원래의 자리로 돌아왔다. 무탈하여 더 바랄 게 없는 하루의 시작이었다.

제2부

생활의
재발견

매일 쓸고 닦아야 하는 것들에 대하여

"아빠, 매일 청소하는 거 귀찮지 않아요?"
"아니, 마음이 개운해지지."

나는 '청소치'다. 더러움의 역치가 높다. 머리카락이 뭉쳐서 바닥에 데굴데굴 굴러다녀도, 물건들이 무너지기 일보 직전인 젠가처럼 쌓여 있어도 '그러려니' 한다. 먼지가 내 폐를 위협한다면야 경각심을 가지겠지만 튼튼한 기관지를 타고난 덕에 반성의 기회는 쉬이 찾아오지 않았다. 고양이를 키우기 전 받으러 간 알레르기 검사에선 의사 선생님의 감탄을 자아내기도 했다.

"이야, 몸이 알레르기 청정 구역이네!"

기껏 청소를 해도 손끝이 야물지 못해 티가 안 난다는 점도 청소치의 의욕을 꺾는 요인이다. 어디에 둬야 할지 모르겠는 물건들이 자꾸 나타나고, 손에 쥔 채 허둥거리다가 결국 슬그머니 책상 한 귀퉁이에 다시 쌓아두고 만다. 어차피 또 쓸 건데, 뭐.

아마 이런 나 때문에 많은 룸메이트들이 스트레스를 받았을 것이다(이 자리를 빌려 심심한 사과의 말을 전한다). 그중 가장 힘들었을 사람들은 딸의 탈을 쓴 세균 인자와 19년을 살아야 했던 나의 부모님. 특히 아빠는 내 방문을 열 때마다 한숨을 푹푹 내쉬었다. 매일 검지로 창틀의 먼지를 체크하는 '결벽인'으로서 더러운 혈육과의 동거가 순탄치 않았던 것이다. 아빠가 못마땅한 눈으로 방의 상태를 체크한 후 던지는 말은 두 가지로 좁힐 수 있었다.

"책상/침대/방 좀 치워라."(혹은)

"그게 치운 거냐?"

아빠 몸에서 사리가 나오기 전에 다행히 내가 집을 떠나게 됐지만, 어디든 돼지우리로 만들어버리는 딸이 아빠에겐 큰 걱정거리였던 모양이다. 자취를 시작한 첫날, 손수 입주 청소를 마친 후 목소리를 낮추고 대단한 비법 하나를 전수해주는 게 아닌가.

"딸아, 청소 쉽게 하는 법 알려줄까?"

(별로 안 궁금하지만 들어본다.)

"네."

"물건을 쓰고 제자리에 갖다 두기만 하면 따로 정리할 필요가 없다."

"아… 네."

운동하면 건강해지고, 밥 덜 먹으면 살 빠지고, 바로바로 치우면 청소가 필요 없어요. 참 쉽죠? 너무 지당하신 말씀이라 반항심마저 들었다. 그게 안 되니까 문제지! 내 눈빛을 읽었는지 아빠가 다시 덧붙였다.

"설거지도 그릇 하나, 수저 하나, 컵 하나일 때는 5분이면 끝날 별거 아닌 일인데, 며칠 쌓아놔 봐라. 에베레스트 등반보다 더 힘들지."

그건 그렇다. '깨진 유리창 이론'이라고 있지 않나. 유리창이 깨진 자동차를 방치해두면 그 주변에 다른 범죄가 생길 확률이 높아진다는 이론. 우리 집에도 '더러운 개수대 이론'이라는 것이 있다. 설거짓거리를 하루, 이틀, 사흘 내버려두면 점점 더러움이 범위를 넓혀간다. 전자레인지 위에 쌩뚱맞게 수건이 올라가 있고, 신을 양말이 없어 곤란해질 때까지 빨랫감이 방치되고, 화장실 하수구엔 머리카락이 잔뜩. 나중엔 어디서부터 손써야 할지 모를 만큼 집 전체가 난장판이 된다. 경고등이 반짝이는 상태에 접어드는 것이다.

하지만 그 불빛이 진정 가리키는 건 집이 아니라 '나'였으니. 기름이 바닥나 한 발짝도 못 움직이는 자동차처럼 청소기 버튼 누를 의욕조차 상실한 나. 집이 엉망인 시기에는 나 또한 어김없이 젖은 수건처럼 쳐져 있었다.

힌트를 준 건 나처럼 무기력에 붙잡혀 고통 받고 있는 친구와의 대화였다. 그는 요즘 두통이 잦고, 불시에 짜증이 올라와 스트레스가 심하다고 했다.

"아무 일도 못 하겠어."

"너도?"

"왜 이렇게 모든 게 버겁지?"

"야, 나도!"

서로의 상태에 격하게 공감하다 친구가 소리쳤다.

"미치겠어. 지금 집도 완전 돼지우리야!"

당최 어디서부터 꼬여버린 거지? 그제야 마음을 들여다보려 애썼지만, 어디서부터 쓸고 닦아야 할지 감이 잡히지 않는 방 하나가 보일 뿐이었다.

'더러운 개수대 이론'은 '더러운 마음 이론'과 같은 뜻인지도 모르겠다. 풀지 못한 기분 위에 잿빛 먼지가 두텁게 쌓이고, 살짝 삐걱거릴 때 돌보지 않은 마음은 더 크게 어긋나버린다. 어디서부터 손봐야 할지 모를 만큼.

아빠의 청소 원칙처럼 그날의 기분과 마음은 그날 쓸고 닦았어야 했는데…. 나는 청소처럼 마음 정리도 미루기만 했던 모양이다. 이런 시간이 지속되면 언제부턴가 기분의 기본값이 '엉망'인 채로 살게 된다. 이유를 알 수 없는 짜증과 감정 기복, 무기력, 능력 저하 같은 것들도 따라붙는다. 그리고 몸의 피로만큼이나 마음의 피로도 만성이 되면 위험하다.

우선 절박하게 신호를 보내는 경고등부터 꺼보기로 한다. 컵 하나, 그릇 하나가 재앙의 시작이었으니 양말을 세탁기에 던져 넣는 몸짓이 소생의 터닝 포인트가 되어줄 테다. 어쨌든 청소는 닥치는 대로 시작이라도 할 수 있지만, 마음은 결국 그 이유를 끈질기게 찾아내야 하니까 당장 더 쉬운 쪽부터 해보

는 것이다.

청소기로 머리카락 뭉치를 빨아들이고, 물건을 원래 있어야 할 자리에 놓고, 필요에 맞게 가구를 다시 배치한다. 몇 시간 내에 할 수 있을 거란 기대는 버리는 게 좋다. 청소치에게 쉬운 청소란 없으니까. 그래도 하루 내 낑낑거리며 집을 돌보다 보면, 내 힘으로 일상을 다시 깨끗하게 정돈할 수 있다는 믿음이 찾아올지도 모른다.

창문을 활짝 열고 집 구석구석을 쓸고 닦으면서 아빠와 나누던 대화를 떠올렸다.

"아빠, 매일 청소하는 거 귀찮지 않아요?"

"아니, 마음이 개운해지지."

독립 초보자를 위한 팁

설거지가 너무 하기 싫을 땐 '딱 다섯 개만 씻자'고 생각합니다. 마음속으로 하나, 둘, 셋 세면서 수세미를 문지르다 보면 결국 다 하게 되더라고요.

미니멀라이프 한다더니

아하, 미니멀한 옷장을 가지려면
기본템이 있어야 하는구나!

엄마는 자기계발서 마니아다. 인생 책은 《시크릿》, 화장실에는
언제나 틱낫한 스님의 《화》가 꽂혀 있다. 마음먹은 대로 삶이
바뀐다는 게 엄마의 모토다. 나는 마음보단 환경이 사람을 바
꾼다고 믿는다. 사는 게 번잡할 때 내가 찾는 경전은 미니멀라
이프에 관한 책들이다.

처음으로 '빼기'를 시도한 것은 옷장이었다. 캡슐 옷장. 3개
월, 즉 한 계절당 의류, 신발, 가방 등의 패션 아이템을 딱 33가
지로 제한해 '333 프로젝트'라고도 불린다. 질 좋고 언제 입어

도 기분 좋은 옷만 걸어두자는 취지에 나는 깊이 감화되었다. 실제로 행거를 보니 안 어울려서, 불편해서, 입고 갈 곳이 없어서 방치해놓은 옷들이 주렁주렁 걸려 있었다.

그래, 매일 옷을 사들이면서도 아침마다 입을 옷이 없다고 울상 짓는 굴레에서 빠져나와 보자. 궁극의 옷장을 만들기 위해서는 '버리기'가 선행되어야 한다. "2년 동안 한 번도 안 입었는가?", "내일 이 옷을 입고 중요한 모임에 갈 수 있는가?" 나름의 기준을 세워 이별할 옷들을 추려냈다. 그렇게 멀쩡한 옷 네 박스는 '아름다운 가게'로, 남 주기 뭐한 옷들은 헌옷 수거함으로 갔다.

평소 청소도 안 하는 위인이 옷이란 옷을 다 끄집어내 정리를 하려니 도통 진도가 나가질 않았다. 전의를 불태우기 위해 원목 옷걸이 서른 개를 주문했다. 쇼룸처럼 원목 옷걸이를 사용하되 개수를 정해두면 옷을 한층 더 소중히 여기게 된다고 미니멀라이프 책에서 읽었기 때문이다. 세탁소 옷걸이로 빽빽하게 옷을 걸어두면 옷이 망가지고, 무슨 옷이 있는지 잘 보이지도 않아 비슷한 옷을 또 사게 된다.

다음은 리스트 작성. 옷장에 남길 상의, 하의, 신발, 가방, 머플러 등을 하나하나 써보았다. 혼자서만 예쁜 옷보다는 어떤 아이템과도 잘 매치되는 심플한 옷이 유리하다. 효과적으로 돌려 입을 수 있으니까.

그때부터 난항이 시작됐다. 코디를 생각하지 않고 예쁘다고 사 재긴 옷들이 발목을 붙잡은 것이다. 3개월 동안 33가지 아이템으로 생활하려면 최대한 여기저기에 어울려야 하는데, 하나의 상의에 하나의 하의밖에 조합할 수 없는 사례가 속출했다.

뭘 입어도 도화지처럼 받쳐줄 '기본템'이 없는 것도 한몫했다. 아하, 미니멀한 옷장을 가지려면 기본템이 있어야 하는구나! 결국 나는 남길 옷 리스트가 아닌 사야 할 옷 리스트를 만들기 시작했다.

이쯤에서 의문을 가지는 사람들이 있을 거다. 아니, 미니멀 라이프 한다며? 못 들은 척 말을 이어보자면, 기본템을 사는 여정 역시 결코 쉽지 않았다.

옷은 보는 것과 걸치는 게 너무 달라서 똑같은 일자 데님이어도 핏은 천차만별이다. 그걸 아는 사람이면 직접 입어보고 사면 참 좋을 텐데. 저질 체력을 이유로 인터넷 쇼핑몰에서 마우스 몇 번 딸깍하기 일쑤였고, 배송된 옷들은 승률이 높지 않았다. 택배 기사님에게 3일 연속 '고객님, 현관문 앞에 놓고 갑니다'라는 문자를 받았을 때는 나도 혼란스러워졌다.

"잠깐만, 나 미니멀라이프 하려고 했는데? 분명 캡슐 옷장이 목표였다고!"

그러나 캡슐 옷장을 궁극의 옷장으로 해석해버린 내 뇌는 앵무새처럼 외쳐댔다. 한 철 입고 버릴 옷 말고 제대로 된 옷을 사라! 제대로 된 옷!

그 덕에 옷을 구매할 때 혼용률 같은 소재를 체크하는 좋은 습관이 생겼지만, 예쁘고 소재 좋고 핏까지 좋은 옷으로 행거를 채우기까지는 수많은 시행착오가 있었다.

오랜 시간을 거쳐 옷장 정리를 마치고, 이제 어디를 비울 수 있을까 집을 둘러보다 내가 이상한 생각을 하고 있다는 사실을 깨달았다. 기존에 있던 큼직한 물건들을 미니멀한 디자인으로 싹 바꾸고 싶다는 욕망이 생긴 것이다.

이는 나 같은 입문자들이 흔히 겪는 혼란이다. 미니멀라이프는 물건에서 행복을 느끼지 않고 소유욕으로부터 자유로워지자는 사고방식인데, 유명한 미니멀리스트들의 집에는 깔끔한 수납장과 근사한 물건들이 전시품처럼 놓여 있다. 그들은 무엇에 돈을 쓰고 안 쓸지 자신만의 기준을 정립한 사람들이다. 다른 곳에 자원을 낭비하지 않는 대신 필요한 품목은 고급스러운 물건을 택한다. 이런 맥락을 무시한 채 물건에만 집중하면 무늬만 미니멀한 쇼핑으로 이어지고 만다.

내가 즐겨보는 한 유튜버는 미니멀라이프와 함께 제로 웨이스트까지 실천한다. 장바구니를 들고 시장에 가서 장을 보고, 소프넛 열매로 빨래를 하고, 땅 속에서 완전히 생분해되는 대나무 칫솔을 쓴다. 특히 일회용 대신 빨아 쓰는 화장솜을 사용한다는 것에 깜짝 놀랐다. 화장을 지우는 자체도 귀찮은데 화장품이 묻은 화장솜을 바로바로 빨아 쓰다니. 뭘 해도 할 사람이다.

자신의 삶을 심플하게 정돈하는 데 그치지 않고 자연에 미칠 영향까지 최소화하려고 노력하는 모습이 인상적이라, 소비욕이 들끓을 때면 그의 영상을 감상하며 반성한다. 댓글을 남기는 적극적인 구독자는 아니지만 마음속으로 몇 번이나 감사했는지 모른다.

"오늘도 자본주의의 호구를 구하옵시고, 미니멀라이프를 왜곡하는 저의 뇌를 붙잡아주시며…."

아, 영상 보다 말고 대나무 칫솔을 주문한 건… 윤리적인 소비니까 봐주시면 감사하겠습니다.

전국 금손 협회

무심한 표정으로 커다란 선반을 뚝딱
완성해내는 모습에서 멋이란 게 폭발하고 말았다.

언젠가 회사에서 선반을 조립할 일이 있었다. 창고에 들어갈 선반이라 크고 널찍하고 무거웠다. 두 사람이 기둥을 잡고 서면, 한 사람이 기둥과 나무판의 구멍을 맞춰 볼트를 끼웠다. 복잡한 생김새는 아니었지만 진열대의 방향에서 한 번, 비슷비슷하게 생긴 나사에서 또 한 번 혼란이 찾아왔다.

그때마다 인턴 친구 한 명이 해결사로 등장했다. 남들이 헷갈려 하는 부분을 탁탁 짚어내 빠른 손놀림으로 드라이버를 몇 번 돌리면 조립 완성. 무심한 표정으로 커다란 선반을 뚝딱 완성해내는 모습에서 멋이란 게 폭발하고 말았다. 감탄하는 나에게 그 친구는 또 예의 무덤덤한 얼굴로 "나중에 할 거 없으면 아빠랑 조립하러 다니려고요."라고 대답했다.

그 말을 듣고 잠깐 상상해보았다. '전국 금손 협회'라는 게 있고, 우리 동네 손재주 능력자에게 도움을 요청할 수 있다면? 거금을 들여 전문가를 부르고 싶진 않지만 어떻게든 손보고 싶은 영역, 이를테면 책상을 흰색 시트지로 리폼한다든가, 고양이 발톱에 찢긴 방충망을 교체한다든가 하는 일들 말이다.

얼마 전에는 세면대 배관을 교체했는데, 블로그를 찾아보니 많은 사람들이 철물점에서 부품을 구입해 직접 고치는 것 같았다. 배관 가격은 약 2만 원. 하지만 잘 해낼 자신이 없어서 결국 기사님을 불러 고쳐야 했다. 7만 원을 들여서.

집 안을 둘러보면 이렇게 아마추어의 전문성이 필요한 일들이 무척 많다. 나 같은 곰발들은 해도 실패하거나 엄두가 안 나 손댈 수 없는 일들. 이런 틈새시장에 전국 금손 협회가 들어온다면 금손들은 30분 정도 투자해서 용돈 벌이를 하니 좋고, 똥손들은 가장자리가 엉엉 우는 시트지를 마주하지 않아서 좋고. 이것이 바로 윈윈이요, 창조경제다.

혹시 이 글을 읽고 전국 금손 협회를 발족해 창업할 계획을 세운 분이 있다면 이 아이디어를 마음껏 가져다 쓰셔도 좋다. 아직 자유가 요원한 집 요정 도비로서 이런 서비스가 꼭 생겼으면 하니까.

초보 도비를 위한 팁

전국 금손 협회는 아직이지만, 도비의 가사노동을 덜어주는 생활 서비스는 무척 많습니다. 약 3~4만 원이면 전문가에게 청소를 맡길 수 있어요. 살면서 한 번도 닦을 생각을 못 했던 샤워기 줄의 물때가 싹 사라지는 마법을 경험했답니다.

상상 운동 중입니다

잘하지 못해도 좋아하는 마음 하나로
무언가를 꾸준히 해내는 사람이 있다.

전단지 한 장의 위력은 컸다. 덕분에 3일 밤낮을 '기구 필라테스' 검색으로만 보냈으니.

문 앞에 붙어 있던 전단지를 버리려고 떼어서 들어왔는데, '선착순 30명 3+3개월'이란 문구에 멈칫. 바로 구겨버리려던 마음을 고쳐먹고 무슨 내용인지 훑어보기로 한다. 처음 눈을 멈추게 했던 3+3개월 특전 말고도 오픈 기념으로 일대일 PT를 3회 제공한다고도 쓰여 있다. 새로 생긴 필라테스 센터답게 매우 넓고 쾌적해 보인다. 벌써 마음이 동한다.

그러나 필라테스 검색 삼매경에 빠진 이유는 따로 있다. 전단지 뒷장 상단에 자리한 세 문장.

"필라테스를 10번 하면 차이를 느낄 것이고, 필라테스를 20번 하면 차이를 보게 될 것이며, 필라테스를 30번 하면 새로운 몸을 가지게 될 것이다."

진지함과 자부심이 느껴지는 카피! 센터 사장님이 직접 쓴 글귀라고 생각한 나는 진심으로 감명 받았다(알고 보니 필라테스의 창시자 '조셉 필라테스'가 한 유명한 말이었다). 특히 열 번 할 때마다 몸이 달라질 거라고 자신하는 저 호언장담! 저것만큼 의지박약에게 효과적인 페이스메이커가 있을까?

양은냄비처럼 빠르게 끓어오르는 게 특기인 나는 필라테스로 몸이 변화한 사람들의 간증을 열심히 찾아 읽었다. 그들의 변화를 읽기만 했는데도 내 몸이 덩달아 건강해지는 느낌이었다. 처음 그룹 수업을 하려면 따라가기가 벅차니 일대일 수업부터 시작하라는 조언이 많았다. 통장의 출혈을 감수하고 새로운 운동에 뛰어들 것인가. 그럼 나도 탄탄한 근육과 곧은 척추를 가질 수 있는 건가! 시작도 안 했는데 마음은 이미 운동복을 입고 캐딜락 위에 누워 있었다.

애인에게 필라테스가 얼마나 놀라운 운동인지 설파했다.

"나도 할까? 관절 안 좋은 사람에게 좋대!"

침착한 목소리로 그가 답했다.

"근데, 너 이번 달에 수영 등록한다고 하지 않았어?"

캐딜락 위의 몸이 강제로 끌어당겨져 내 방 침대로 돌아왔다. 맞다. 그랬다. 이젠 기억조차 희미한 한 달 전의 내가 조셉 필라테스처럼 호언장담했었다. 다음 달엔 기필코 수영을 할 거라고.

운동을 등록할 때 나만의 불문율이 있다. 양심과 통장이 아우성을 쳐대니 첫 수업엔 꼭 참석한다. 두 번째 수업부터는 장담할 수 없다. 나는 나를 이기는 법을 모르니까. 고백하자면, 운동하러 가기 싫어서 야근한 적도 있다. 그런 식으로 여덟 번 나가야 하는 운동을 두세 번쯤 가면 한 달 등록 기간이 끝나기 일쑤다.

핑계는 다양했다. 거리가 멀어서, 시간이 빠듯해서, 시간이 빠듯해서 한 시간 늦게 등록했더니 그 사이 허기가 져 힘이 없어서, 운동하기 전까지의 과정들이 귀찮아서(수영장 들어가기 전의 샤워 같은), 같은 동작을 반복하는 게 지루해서, 몸에 무리가 가서…. 내가 내미는 핑계에 한계란 없어 보였고, 나중엔

'네가 어디까지 하나 보자'의 심정이 되었다.

사실은 운동할 때 형편없는 내 모습에 싫증이 나는 건지도 모른다. 야심차게 등록했다가도 두세 번째 수업에서 패배감을 맛보면 정이 확 떨어져버린다. 수영을 띄엄띄엄 다닌 기간이 다 합쳐서 1년 정도인데, 1년이 지나서야 자유형을 할 수 있게 됐다고 하면 믿겠는가. 평영 발차기는 총 세 명의 선생님에게 배웠는데도 여전히 헛발질밖에 못 한다. 운동신경을 엄마 뱃속에 두고 온 게 분명하다.

못하는 것에 대해 흥미를 유지하기란 어려운 일이다. 서툴고 바보 같은 자신을 계속 마주해야 하니까. 성취는 계단식으로 이루어진다고들 이야기하지만, 평지 구간의 지난함이 남들보다 긴 인간들이 분명 있다. 남들은 곧잘 따라 하는 초보 관문에서 이미 실패의 쓴맛에 질려버리는 이들.

누군가는 잘하지 못해도 좋아하는 마음 하나로 무언가를 꾸준히 해낸다. 재능이 없다는 걸 깨달을 때마다 마음이 식어버리는 내 눈에는 그들이 무척 멋있어 보인다. 하지만 내가 그런 사람이 될 수 있다고는 기대하지 않는다. 나는 쓴 것을 먹으면 퉤 뱉어버리는 쪽에 가깝다.

혹시, 그래서 자꾸 상상 운동에 빠져드는 것일까? 어떤 운동에 대한 정보를 샅샅이 수집하고, 변화한 후기들을 보며 마치 내 일처럼 뿌듯해하는 것. 내 저질 근력과 운동신경이 이루어내지 못할 경지를 미리 맛보며 대리만족하는 건가. 정작 자신은 스마트폰 위에서 손가락 운동만 하면서 말이다.

지난해 건강검진에서 나눴던 의사 선생님과의 짧은 대화가 떠오른다. 나의 근육량에 빨간 동그라미를 치며 말했었지.
"생존 근육밖에 없네요."
"네?"
"죽지 않을 정도로만 근육이 있다고요. 운동하셔야 됩니다."
올해의 선생님은 어떤 표정을 지을까. 그 앞에서 나는 어떤 표정을 지어야 하나. 어쩌면 깨닫게 될지도. 잘하거나 좋아하지 않아도 운동을 해야 할 이유가 있다는 것을. 그래서 신용카드를 들고 필라테스 센터를 찾아가면, 그건 해피엔딩인가. 배드엔딩인가.

운동 무능력자들을 위한 당부

별명이 신장개업 풍선이거나 몸에 힘이 잘 들어가지 않는 무근육자 여러분, 필라테스는 조금 무리일 수 있습니다. 폼롤러 위에 누워 팔을 든 채로 30분 동안 움직이지 못했던 제 말을 믿으세요.

혼수 장만

언제 올지 모르는 인생의 2막을 위해
지금을 '적당히'라는 말에 매몰시키고 싶지 않다.

예전에 함께 살았던 친구는 종종 나를 '요롱이'라 불렀다. 허리가 아우토반처럼 길다 하여 붙은 별명이었다. 어린 요롱이였을 때는 3단 접이식 매트리스에서 자도 아무렇지 않았건만, 30대에 들어서니 오래된 매트리스 스프링의 삐걱거림이 거슬려 밤새 몸을 들썩거리는 예민 보스가 되고 말았다.

좋다고 소문이 자자한 대형마트 토퍼를 샀다가 일주일 만에 걷어낸 경험이 있었기에 매트리스는 꼭 누워보고 사야겠다고 다짐했다. 그 토퍼는 메모리폼이라 눕는 모양대로 푹 꺼지는 제품이었는데, 나처럼 허리가 길고 근육이 약한 사람들은 단단하게 지지해주는 매트리스를 써야 했던 것이다. 사람마다 잘 맞는 매트리스 타입이 있다는 걸 그때 처음 알았다.

주말마다 매장을 부지런히 돌아다니며 눕고, 또 누웠다. 정신을 차리고 보니 과학적인 침대에 누워 있었을 뿐. 광고 속 카피는 거짓이 아니었다. 푹신하면 엉덩이가 푹 빠져 불편하고, 너무 딱딱하면 꼬리뼈가 배기는 까탈스러운 척추가 환호성을 질렀다. 하마터면 한숨 자야겠으니 불 좀 꺼달라고 할 뻔했다.

'골든 매트리스'를 찾았다는 기쁨도 잠시. 생각했던 예산보다 세 배나 비쌌다. 저렴하면서도 마음에 드는 매트리스가 있지 않을까? 간절하기까지 한 심정으로 며칠 더 매장을 돌아다녀봤지만, 한번 극강의 편안함을 맛본 허리는 쉽게 만족해주지 않았다.

고민스러웠다. 이미 완벽한 침대를 찾았는데 가격을 맞추기 위해 애매한 물건을 구입해야 할까? 나는 그런 실수를 많이 했다. 대학교 신입생 때 부모님이 부담스러울까 봐 노트북 대신 저렴한 넷북을 사달라고 했는데, 화면이 너무 작고 성능이 좋지 않아 후회했다. 그 모습을 본 룸메이트 언니가 이런 이야기를 해주었다.

"부담은 잠깐이지만 불편은 그 물건을 쓰는 내내 계속되는 거야."

그 말은 오래도록 남아 물건을 살 때 기준점 중 하나가 되어 주었다. 가장 최선이라고 생각하는 물건을 구입하거나, 그것을 도저히 살 수 없다면 소비를 다음으로 미루는 게 맞다. 여기서 포인트는 최고가 아니라 최선이다. 내가 감당할 수 있는 선 안에서 가장 좋은 물건을 사는 것. 내 허리가 아무리 예민해도 오바마 부부가 쓴다는 수입 매트리스를 고려하지는 않는 것처럼 말이다.

열 명의 내가 힘을 합치기로 결단했다. 열 달 동안 마음은 좀 무겁겠지만 후회는 없으리라는 확신이 들어서다. 이 소식을 들은 친구들의 반응이 무척 재미있었다. H는 대번에 "120만 워어어언? 10개월 할부? 야, 미쳤냐?" 소리쳤고, D는 나의 다른 친구에게 "슬이 언니는 매트리스 좋은 걸 샀대요. 올해도 생각 없나 봐요."라고 전했다고 한다. '올해도'와 '생각' 사이에 생략된 단어는 결혼이겠지? 그리고 그들이 뒤에 붙인 말은 약속한 듯 같았다.

"뭐, 퀸 사이즈니까 결혼할 때 가져가면 되겠네."

그런 말들에는 혼자 살 때 쓰는 물건은 잠깐 쓰는 물건이라는 생각이 깔려 있는 것 같다. 싱글 상태가 결혼으로 넘어가기 전의 짧은 구름다리처럼 여겨지듯이. 언제 결혼할지도 모르는데 좋은 물건, 진짜 갖고 싶은 물건은 그때 가져도 늦지 않다고. 그때까지만 내 삶의 질은 조금 미뤄두자고 말이다.

나 역시 오랫동안 혼자의 삶을 임시 벙커처럼 여겼다. "혼자 쓰는데 굳이?", "혼자 쓰기엔 괜찮지." 같은 말을 달고 살았다. 이제는 '언제 결혼할지도 모르는데'에서 '결혼'이 아니라 '모르는데'에 방점을 찍게 되었다. 언제 올지 모르는 인생의 2막을 위해 지금을 '적당히'와 '가성비'에 매몰시키고 싶지 않다.

"아주 혼수를 장만하셨네!"

기가 막히다는 듯 잔소리를 쏟아내는 엄마의 말 중에서 '혼수'라는 단어가 귀에 착 달라붙었다. 원래 '혼인에 드는 물품'이라는 뜻이지만 혼술, 혼밥, 혼여 등 혼자 하는 무언가를 표현한 수많은 '혼○'과 라임을 맞추고 싶어졌다. '혼자의 삶을 행복하게 해주는 수려한 물건' 어떨까.

기왕 혼수를 장만한 김에 처음으로 파자마를 구입해보았다.

100퍼센트 면이라는데, 지금까지 입었던 면은 면이 아니라 면의 조카였는지 살갗에 닿는 감촉이 너무 보드라워 침대에 누워 있으면 구름 위에 떠 있는 것만 같다.

그럴 때 찾아오는 감각이 있다. 나, 되게 잘 살고 있다는 감각. 또 기똥찬 혼수를 장만하기 위해선 열심히 일해야겠다는 다짐도 따라온다. 혼자 사는 우리에게 멋진 물건이 필요한 이유다.

평화롭고 아름다운 중고나라를 찾아서

받는 사람의 기분을 배려하는 사람만이
생각해낼 수 있는 디테일, 매너의 적정선.

같은 동네에 사는 두 사람이 만난다. 접선 장소는 지하철 1번 출구 드러그 스토어 앞. 그들은 어색하게 꾸벅 인사를 나눈 뒤, 서로에게 무언가를 건넨다. 한쪽이 일방적으로 주는 경우도 있다. 만남은 짧고 신속하게 이루어진다. 밝은 얼굴로 돌아선 그들은 다른 이들에게 서로에 대한 칭찬을 남긴다.

Q. 이 만남의 정체는 무엇일까요?
1. 대국민 마니또

2. 마포구 물물교환 협의회

3. 성선설을 믿는 사람들의 모임

4. 오늘도 평화로운 중고거래 현장

햇갈릴 땐 3번을 찍으라는 게 학계의 정설이지만, 아쉽게도 난 성선설을 안 믿는다. 인간 본성의 긍정성을 신뢰하지 않는 사람들의 특징 중 하나는 중고거래를 할 때 아주 신중하다는 것이다. 5만 원 이상은 무조건 직거래, 고가의 물건은 웬만하면 중고로 사지 않고 사기꾼 목록에 이름이 올라와 있는지 면밀히 살핀다. '오늘도 평화로운 중고나라'라는 제목으로 인터넷에 떠돌아다니는 뒷골 당기는 사연들이 내 것이 될지도 모른다는 불안감 때문이다.

하지만 나는 요즘 문자 그대로 '평화로운' 중고나라에 살고 있다. 접선의 메신저는 동네 기반 중고거래 앱. 처음 알게 됐을 때 이름이 귀엽다는 감상뿐이었는데, 실제로 앱을 깔아보자 거기 올라온 물건들의 하찮음에 매료되고 말았다. 노트북이나 카메라 같은 비싸고 실용적인 물건은 거의 없고, 20년 된 수석과 3천 원짜리 빨래 망, 분홍색 돼지 저금통이 떡하니 팔리고 있었다.

"대체 이걸 누가 사?" 하는 생각을 비웃듯 '찜'을 의미하는 하트 표시가 곳곳에 콕콕. 나는 곧 이 마켓의 의의를 깨달았다. 세간 살림의 변두리에서 떠돌던, 버리기엔 아깝고 각 잡고 팔기엔 애매한 물건들의 집합지. 택배로 보내기엔 민망하지만 슬리퍼 꿰어 신고 동네에서 만난다면야 못 팔 이유도 없다. 빨래 망 팔아서 받은 3천 원으로 집에 가는 길에 계란빵 사 먹는 기쁨은 참 작고 소중하여라.

그 '맛'에 빠져버린 건 순식간. 나는 어느새 집 안에 놀고 있는 물건들을 죄다 찍어 올리고 있었다. 스타벅스 머그컵은 5천 원에, 더 이상 입지 않는 알파카 코트는 만 원에, 사놓고 두어 번밖에 메지 않은 가죽 가방은 2만5천 원에 처분했다. 안 쓰는 물건이 다시 재화가 되어 돌아오는 재미만큼이나 사람들 만나는 재미도 여러모로 쏠쏠했다.

가장 기억에 남는 사람은 두 번째 거래에서 만났던 발랄한 여학생이다. 첫 번째 만남이 나눔이었기 때문에 진짜 물건을 파는 건 처음이었다. 매물은 소품 가게에서 산 빈티지 촛대로 가격은 만 원이었다. 싱글벙글 웃는 얼굴로 다가온 그녀는 두

손으로 공손하게 하얀 봉투를 내밀었다. 나도 덩달아 허리를 90도로 숙이며 촛대를 담은 쇼핑백을 건넸다. 마땅한 크기의 가방이 없어 그냥 맨손으로 들고 올까 고민했는데, 그랬으면 진짜 부끄러웠겠다고 생각하면서.

봉투에 고이 담긴 만 원짜리 한 장을 보며 영화 〈킹스맨〉의 유명한 대사를 떠올렸다.

"매너가 사람을 만든다."

다시는 볼 일 없는 사이에다가 고작 만 원이니 그냥 지갑에서 꺼내 줄 수도 있었을 텐데, 그는 최대한의 예의를 갖췄다. 받는 사람의 기분을 배려하는 사람만이 생각해낼 수 있는 디테일이었다.

그 뒤로도 수많은 중고거래를 했지만 그때 받은 만 원처럼 값어치 있게 느껴지는 돈은 없었다. 매너는 그 사람의 됨됨이를 드러내는 동시에 누군가의 기억에 인상적인 순간을 만들어낸다는 사실을 배운 것이다.

좋은 건 빨리 배워야 하니까 나도 나름의 거래 룰을 만들었다. 안 살 거면 안 산다고 확실히 말하기, 약속 시간에 늦지 않기, 물건과 돈은 꼭 봉투에 담아서 주기 등등.

사실 매너의 적정선에 대해 고민하게 만드는 사람들은 이 평화로운 나라에도 존재한다. 그럴 때마다 고민이 깊어진다. 지하철 개찰구 앞까지 와달라는 요청을 들어줘야 하는 건지, 무례한 말투로 깎아달라고 요구하는 사람을 어떻게 해야 부드럽게 돌려 깔 수 있을지(응?). 서로가 기대하는 매너의 수준이 맞아떨어지는 기분 좋은 지점을 만나기란 참 어려운 일이다. 평화롭고 아름답기까지 한 중고나라는 정녕 꿈에만 있는 모양이다.

독립 초보자를 위한 팁

택배 시킬 때 함께 오는 뽁뽁이 버리지 마세요. 어쩌다 택배 거래를 하게 될 때 무척 유용해요.

퇴직금은 처음이라

투자와 인생의 공통점은 둘다
판단과 선택, 책임으로 이루어진다는 것.

방송국에서 일하던 시절, 옆방 피디님은 까딱하면 다른 방송국에 이력서를 내는 걸로 유명했다. 나름 마니아 있는 프로그램을 연출한 이름 있는 분이라 지원서를 받은 곳에서도 당황스러웠는지 국장님에게 전화를 걸기 일쑤. 피디님은 국장님에게 불려가 "또 뭐가 불만이냐?" 한 소리 들으며 두 손 모으고 서 있는 게 일상이라고 했다(이 글을 쓰다 문득 궁금해져서 찾아보니 이직에 성공하셨더라. 축하드립니다).

회사 다니기 싫다고 이직을 꿈꾸기엔 나는 일 자체를 안 좋아하는 인간이라, 대신 포털에 '퇴직금 계산기'를 검색한다. 계산을 해볼 때마다 '에이, 생각보다 적네' 실망하고, 입 밖으로 튀어나갈 뻔한 퇴사 선언을 다시 돌돌 말아 목구멍 안으로 집어넣는다. 행여라도 그만두겠다고 실언하면 큰일이다. 침대 할부가 아직 끝나지 않았다.

팀장님과 면담을 한 어느 날이었을 것이다. 내가 가는 이 길이 어디로 가는지 어디로 날 데려가는지 혼란스럽고 울적한 마음에 평소처럼 퇴직금을 계산해보다가, 생전 안 보던 경제 뉴스에 눈길이 갔다.

"퇴직연금 수익률 평균 1%대… 물가 상승률도 못 따라가." 대충 이런 제목이었다. 의식의 흐름에 따라 읽게 된 기사에서 두 가지 충격적인 사실을 알게 됐다. 퇴직연금이 DB형과 DC형이라는 듣도 보도 못한 이름으로 나뉘어 있다는 것과 심지어 DC형은 근로자가 직접 금융상품을 선택해 운용해야 한다는 것이었다. 그렇지 않으면 저금리 시대의 치사한 이자로 물가 상승률을 따라가지 못해 실질 수익률이 마이너스라고 했다.

언젠가 우편함에 꽂혀 있던 퇴직연금 설명서가 떠올랐다. 책장 한편에 처박혀 있던 것을 꺼내 읽어보니 DC형은 회사에서 근로자의 퇴직연금 계좌에 1년에 한 번씩 한 달 평균 임금을 넣어주면 그 돈을 계좌 주인이 굴려 수익을 내는 제도였다. 내가 백날 천날 검색했던 퇴직금 계산기는 한 달 평균 임금에 근속 연수를 곱하는 DB형의 산정 방식을 따르고 있었다. DB형은 그냥 회사에서 주는 대로 받으면 된다. 돈을 굴리는 건 회사가 한다.

나의 퇴직연금은 DC형. 존재도 몰랐던 계좌답게 1.5퍼센트의 수익률을 기록하고 있었다. 수익률이라고 이름 붙이기에도 뭐한 수익률에 덜컥 겁이 났다. 나는 나의 지금뿐 아니라 미래도 책임져야 하는데 퇴직금이 어떻게 운용되는지도 까맣게 몰랐다니, 너무 무책임했다는 생각이 들었다.

그래서 결심했다. 내가 직접 돈을 굴려봐야겠다고. 첫 재테크를 퇴직금으로 시도하는 패기!

경기가 안 좋을 땐 채권을 사야 한다는 말을 어디선가 주워듣고 도서관에서 책을 빌려왔다. 알 듯 말 듯 긴가민가. 대략 채권이라는 게 이런 거구나, 파악만 했다. 퇴직금을 직접 운용하는 사람들의 블로그를 찾아 읽는 편이 더 재밌었다. 대부분 은행 이자나 임금 상승률을 이기는 걸 목표로 하고 있었다. 그

정도는 나도 할 수 있지 않을까 싶다가도 그 흔한 적립식 펀드조차 안 해본 '재테크 쪼렙'이라 망설여지는 건 어쩔 수 없었다.

내가 우물쭈물하는 사이 뉴스에서는 연일 채권시장에 돈이 몰리고 있다는 이야기가 흘러나왔다. 주워들기론 무릎에서 사고 어깨에서 팔라고 했는데, 분위기만 보면 어깨가 아니라 이미 머리 같았다. 그래도 퇴직금을 허허벌판 같은 계좌에 그대로 둘 순 없어 몇 개의 펀드를 고심해 샀다.

문제는 내가 펀드의 운영 원리를 몰랐다는 점이다. '기준가'라는 게 있고, 그게 매일 바뀌고, 주식처럼 쌀 때 많이 사야 팔 때 유리하다는 걸 몰랐다. 진짜 채권'만' 공부한 탓이었다. 예상대로 최고점에 들어간 내 펀드는 일주일 만에 대략 마이너스 0.7퍼센트쯤 손해를 보고 있다. 가슴이 벌렁벌렁 뛰어 여기저기서 글을 찾아본 결과, 연금 펀드는 길게 봐야 한대서 겨우 평정심을 되찾았다. 평정을 찾았다기에는 매일 눈뜨자마자 '퇴직연금 조회' 버튼을 누르며 하루를 시작하고 있지만…. 재테크를 하려면 담력부터 키워야 할 것 같다.

"어때, 구조대는 올 것 같아?"

애인이 장난스러운 표정으로 물었다. 분명 웃고 있는데 왠지 눈이 촉촉해 보이는 이유는…. 아마 그가 비트코인으로 200만 원을 날려 먹은 전적이 있기 때문이리라. 꼭지에 사서 떨어지는 가격을 바라보며 구조대가 오기만을 하염없이 기다렸다고 한다. "여기 사람 있어요!" 외치며. 같은 처지의 사람들끼리 해학으로 눈물을 닦았다는 이야기다.

월급 버금가는 돈을 잃고 그는 '묻지마 투자'가 얼마나 위험한 것인지 배웠다. 나는 1퍼센트 손실에도 떨리는 새가슴을 부여잡고 우선 '고' 해보기로 했다. 재테크엔 담대함만큼이나 인내심도 좀 필요한 것 같아서. 내가 어디까지 손실을 감당할 수 있는 그릇인지 한번 지켜보기로 했다.

그러고 보니 투자는 인생과 비슷한 부분이 무척 많은 것 같다. 판단과 선택, 책임으로 이루어진다는 것. 판단의 근거를 스스로 세우고 훌륭한 타이밍에 선택하기 위해서는 준비돼 있어야 한다는 것. 그리고 간혹 '존버'가 통한다는 점이 희망이 되어주는 요즘이다.

퇴사 충동이 일 때 마음을 진정시켜주는 방법 하나쯤 가지고 있으면 좋습니다. 저는 퇴직금 계산만으로도 분노가 가라앉지 않으면 구직 사이트에 들어가 '그래, 회사가 거기서 거기지'라는 진리를 되새기며 열을 식힙니다. 제 동료는 할부 풍차 돌리기처럼 애플 제품을 하나씩 지르더라고요? 본인에게 더 잘 맞는 방법을 사용해보세요.

아빠는 맥시멀리스트

"아빠, 안 쓰는 건 좀 버려요."
"필요한 것만 두면 그게 집이냐?"

가끔 시키지 않은 택배가 도착한다. 저 멀리 목포에 홈쇼핑 요
정이 살고 있기 때문이다. 그 요정은 손이 무척 커서 물건을 절
대 낱개로 사지 않는다. 집에 도착하면 어김없이 커다란 박스
가 현관문 앞을 떡하니 점령하고 있고, 나는 끙끙대며 박스를
옮기는 데 익숙하다.

요정은 불쌍한 딸내미 떡 하나 더 준다는 심정으로 진짜 떡
을 마구마구 보낸다. 망개떡, 오메기떡, 인절미, 두텁떡 구성의
떡 세트가 두 번이나 도착했다. 소포장된 떡이 무려 100개나

들어 있어서 한동안 냉동고가 떡 창고로 전락하고 말았다.

떡만 먹으면 목이 막히니까 두유도 보내준다. 역시 30개 들이 두 박스로. 냉장고 제일 아래 칸이 두유 진열대로 변신했다. 아침에 굶지 말고 떡 하나 두유 하나 야무지게 챙겨 먹으라는 마음을 모르지 않기에 감사히 먹고는 있다.

하지만 요정이 모르는 사실이 하나 있는데… 나는 팥을 별로 안 좋아한다. 팥소가 든 떡도 마찬가지다. 아빠들의 무신경한 애정이란….

받는 사람이 뭘 좋아하는지 헤아리는 재능은 없지만 꾸준함만은 인정할 만하다. 밤만 되면 갑자기 전화를 걸어 다짜고짜 묻는다.

"홈쇼핑에서 유럽 세제 파는데 사줄까?"

"아뇨. 지금 세제 한 통 1년째 쓰고 있어요."

"네가 좋아하는 옛날 과자도 판다."

"몇 개인데요?"

"세 박스."

"……."

"떡 또 시켜주랴?"

"아뇨! 아뇨, 제발!!"

나는 대량 구매를 싫어한다. 물건은 필요할 때 최대한 적게 사려고 한다. 과자도 한 봉지만, 치약과 칫솔도 한 달에 한 개씩 낱개로 산다. 아빠가 보면 세트로 사는 게 이득이라며 바보라고 하겠지만 그게 마음 편하다. 집에 데리고 들어왔으면 어디든 자리를 내줘야 하는데, 든 자리가 많아질수록 관리가 힘들다. 사온 것을 잊거나, 새로운 물건에 가려 원래 있던 것을 못 보거나 하게 된다. 무엇이 어디에 있는지 정확히 기억할 능력도 보기 좋게 정리할 감각도 없으므로 선택한 노선이다.

'미니멀리즘'이라는 키워드도 많은 영향을 주었다. 모든 짐이 캐리어 하나에 다 들어가는 미니멀리스트를 보며 나 때문에 존재하는 수많은 물건들이 무겁게 느껴졌다. 쓰지도 않은 채 자리만 차지하고 있는 게 대부분인데, 이사철엔 그 무게가 마음이 아닌 지갑으로 와닿는다. 짐이 5킬로그램 추가될 때마다 이사 비용도 함께 치솟는다. 물건이 아닌 나 자신에게 집중하자는 미니멀리즘의 본질엔 발가락도 담그지 못했지만, 방법론적 지향만은 그곳에 두고 걸음마 하듯 따라가는 중이다.

그러니까 아빠와 나는 필연적으로 상극이다. 내 눈에 아빠의 집은 물건의 집처럼 보인다. 욕실 장을 밀면 10년은 거뜬히

쓸 만큼 비누와 치약이 쟁여져 있고, 주방 세제도 세 통이나 대기 중이다. 먹지도 않는 미숫가루는 왜 대용량 포대로 샀는지 그것이 알고 싶다. 〈세상에 이런 일이〉에 나오는 집처럼 물건들이 어지럽게 뒤덮여 있다면 그 핑계로 버리기라도 할 텐데, 엄청난 정리정돈 내공으로 집 안의 모든 틈에 차곡차곡 예쁘게도 쌓여 있다. 전쟁이 나거나 좀비가 창궐하면 대피처로 지정해도 손색이 없을 정도다.

새 물건을 계속 사는데 오래된 물건을 버리지도 않는다. 내가 어릴 때부터 집에 있었던 장식용 분수대. 이젠 물이 흐르지 않는데도 한자리 크게 차지하고 있는 바람에 옆에 있는 식탁 의자에 앉으려면 몸을 구겨 넣어야 한다. 결국 불퉁한 소리가 튀어나왔다.

"아빠, 안 쓰는 건 좀 버려요. 아빠 혼자 사는데 물건이 너무 많잖아요."

"언젠간 쓰겠지."

"저 토스트기 엄청 오래된 거 아니에요? 작동은 돼요?"

"안 될걸?"

"그럼 버려요!"

"……"

"라면 포트는 왜 샀어요? 냄비 쓰면 될 걸. 에어프라이어도 새 거네. 사놓고 왜 안 써요?"

"요즘 좀 바빠서 못 썼다!"

"……(그게 말이에요, 방구예요!)."

자꾸 희한한 곳으로 날아가는 공을 주워서 치고받고를 반복하던 중, 결국 아빠가 역정을 냈다.

"필요한 것만 두면 그게 집이냐?"

그제야 나는 우리의 핑퐁이 얼마나 무의미한지 깨달았다. 우리 사이엔 건널 수 없는 차이가 있었다. 내겐 필요한 물건만 놓인 풍경이 아름답고 간결해 보이지만 아빠에게는 살풍경으로 느껴지는 것이었다. 작은 집이어도 장식장을 두고, 당장 필요하지 않은 물건들도 넉넉하게 구비해두는 게 아빠가 생각하는 품위였다.

돌이켜보면 네 식구가 살던 집에서도 아빠는 장식품을 사와 진열해두는 걸 좋아했다. 내가 실수로 장식품의 목을 부러뜨리면 본드를 붙여 조심스럽게 다시 올려놓고 매일 반질반질하게 닦아 관리했다. 기계 덕후의 기질이 있어서 못 보던 기계가 있으면 사들고 와 뿌듯한 표정으로 바라보기도 했다. 그런 아빠에게 이제 1인 가구가 됐으니 이전의 라이프스타일일랑 다

버리고 비우라고 말하는 것이 어쩌면 폭력적이었을지도 모른다는 생각이 들었다.

서울로 올라오는 버스 안, 생각하는 의자에 앉아 반성했다. 이제 아빠의 삶의 방식에 대해 이러쿵저러쿵 참견하지 않겠다고. 방향이 다를 뿐 미니멀리스트든 맥시멀리스트든 다 행복하자고 하는 것이니까.

며칠의 어색한 침묵을 깨고 아빠에게 전화가 걸려왔다.

"에어프라이어로 만두 구워봤는데 맛있더라. 하나 사서 보냈다."

"……(아싸)."

맥시멀리스트의 딸로 사는 것은 이토록 '단짠단짠'의 연속이다.

쟁여놓기를 좋아하는 아빠를 위해 갈 때마다 비누와 치약을 두어 개씩 집어옵니다. 아빠는 물건을 채울 공간이 생겨서 좋고! 나는 생필품이 생겨서 좋고!

비혼의 롤모델

흰머리의 요가 강사가 된 그녀를 보며
막연하게 두렵기만 하던 노년에 로망이 생겼다.

첫 아르바이트 월급을 받은 날, 나는 고모에게 대나무가 그려
진 담배 한 보루를 선물했다. 담배를 선물하는 게 옳은 일인가
찜찜하긴 했지만, 아무리 생각해도 매일 피우는 담배 말고는
부족한 게 없어 보였다. 고모는 내가 아는 여자들 중 손에 꼽히
게 멋지게 사는 사람이었기 때문이다.

일어나자마자 목욕탕에 들러 친구들과 나체 회동을 즐겼고,
종류별로 옷을 진열해놓은 드레스룸이 있었다. 앞에선 거하게
욕해놓고 뒤에선 챙겨주는 '츤데레'적 면모로 주변에 사람도

넘쳐났다. 매일 목욕탕에 출석을 해서 그런가. 쉰 살이 넘었는데도 피부에 반짝반짝 윤이 났다. 그때와 지금 달라진 것이 있다면, 4년 전 암을 초기에 발견해 수술한 후 거짓말같이 담배를 끊었다는 점뿐이다.

결혼한 어른들은 고모의 삶에 대해 넘겨짚거나 평가하기를 좋아했다. 돈을 아껴 쓸 줄 모른다고, 애를 안 낳아봐서 공감 능력이 없다고, 저래 보여도 속으론 엄청 외로울 거라고. 결혼과 철듦을 연상시키는 것은 진부한 레퍼토리였다. 자신들 역시 늘 어른스럽거나 합리적이진 않았는데도 고모의 행동을 비혼의 맥락 안에서 해석하는 데 주저함이 없었다.

영영 어떤 종류의 행복을 알지 못한 채 살아가는 반쪽짜리 인간으로 취급하는 시선 역시 존재했다. 하지만 어린 내가 보기엔 그건 결혼한 쪽도 마찬가지였다. 고모에게서 묻어나는 자유로움과 여유를 나의 부모님에게서 찾아보기는 어려웠다. 자식 키우느라 등골 빠지게 고생한 탓일 테다. 가정을 가지며 새로이 느끼게 되는 감정이 있는 만큼 혼자 삶을 꾸림으로써 만끽하는 가뿐함도 있는 것이다.

나의 두 창조주가 '사네 마네' 싸우는 모습을 보면서 그런 생각을 하기도 했다. 어쩌면 결혼을 해서 더 행복해진다기보다 가정이나 부부 사이의 불행을 '칼로 물 베기' 같은 작은 의미로 축소시키는 데 많은 이들이 동참하고 있는 것은 아닐까. 혼자의 외로움이나 고충은 크게 과장해 겁을 주면서 말이다.

그래서일까? 지난 명절에 고모와 나눈 대화,

"넌 언제 결혼할래?"

"음, 글쎄요?"

"네 나이가 서른이다. 결혼해야지."

"와(배신감), 결혼이 그렇게 좋은 거면 고모는 왜 안 했대?"

내 말에 설핏 웃은 고모의 말이 왜 그리 의미심장하던지.

"…그래도 결혼은 해야지."

'그래도'라는 역접 접속사는 주로 안 좋은 것을 통칠 때 쓰인다. '그래도' 안에는 결혼으로부터 올 온갖 리스크들이 포함돼 있다. 굳이 나열하지 않아도 주위에 유부 친구가 한 명만 있다면 머릿속에 줄줄이 떠오를 바로 그것들. 모든 위험 요인을 감내하고 '그래도' 결혼이라는 제도 안으로 들어가야 하는 이유는 무엇일까.

유부 친구의 분노에 찬 성토를 듣던 자리에서 어렴풋이 그 이유를 알 것 같았다. VR 체험하듯 생생하게 몰입해 탄식하던 싱글들이 결국 이렇게 말했기 때문이다.

"근데 결혼 안 하고 어떻게 살지 상상이 안 가."

결혼의 최고 장점은 안정감이라고들 한다. 완벽한 내 편이 생겼다는 심리적 안정감(그런데 왜 우리 엄마는 남편을 '남의 편'이라고 불렀나). 혼자일 때보단 든든한 경제적 안정감, 그리고 사회의 보편적 그룹에 속해 있다는 안도감. 한국 사회는 결혼을 해야 이런 것들을 얻을 수 있다고 말한다. 그러니까 '그래도' 결혼을 한다.

제도적으로 가족의 범위가 넓어지면 상당수 해결될 일인데도 결혼이라는 좁은 문 안으로만 들어오라고 종용하며 비혼주의자를 평범의 선 밖에 놓는다. 눈이 너무 높거나 남들이 감당하기 힘든 사람이라는 식으로. '비혼'이란 단어가 낯설지 않은 요즘이지만 실천의 문제에서 비혼은 여전히 특별한 사례로 여겨진다.

그러므로 우리에게는 비혼의 롤모델이 필요하다. 텔레비전에 나오는 범접할 수 없는 커리어의 소유자가 아니라 우리 주변에 있는 평범한 여성. 혼자 잘 먹고 잘 살고, 가정이 아닌 다른 즐거움으로 삶을 건강하게 꾸려나가는 어른 여성이 많아야 그 모습을 보고 자란 세대가 더욱 다양한 삶을 상상할 수 있다. 결혼 없는 인생이 잘 그려지지 않는다는 친구들 앞에서 내가 나의 고모를 떠올린 것처럼.

고모가 중년의 롤모델이라면 노년의 롤모델은 미숙 씨다. 드라마 〈최고의 이혼〉에서 문숙 배우가 연기한 미숙 씨는 남편과 이혼한 후 카페를 운영하며 나이 관계없이 다양한 사람들과 어울리며 산다. 그녀는 가족이 부여한 역할에 자신을 가두지 않고, 다른 사람에게도 그러길 강요하지 않는다. 흰머리의 요가 강사가 된 그녀를 보며 막연하게 두렵기만 했던 노년에 로망이 생겼다. 꼭 저렇게 나이 들어야지. 개인으로서의 행복을 꾸준히 모색하고, 끝내 찾아내는 사람으로.

불문율

생활의 불문율을 지키려고 노력하는 것,
타인을 존중하는 하나의 방법.

이별한 직후만큼 상대방을 치열하게 생각하는 때가 있을까. 그의 장점과 단점을 끝없이 꼽다가, 그만큼 괜찮은 사람 또 만날 수 있을까 후회하다가, 끝내 좁히지 못한 간극을 떠올리며 헤어지길 잘 했다고 주억거리는 갈팡질팡의 연속. 그렇게 갈지자를 그리며 헤매고 있는 어린 양에게 친구의 도리를 다하고 싶다면 잦은 번복에도 짜증 내지 말고 넋두리를 경청해주길 권한다. 어차피 어린 양을 평안으로 인도하는 것은 다른 누구도 아닌 자기 자신이므로.

보아라. 한참 이별을 무르고 싶다며 약한 소리를 하던 어린 양이 곧 마음을 다스리고 그와 안 맞았던 부분에 대해 늘어놓기 시작했다.

"난 바닥에 머리카락만 떨어져 있어도 너무 싫은데 갠 먼지가 많아도 아무렇지 않은가 봐. 눈에 안 보인대!"

(오, 찔리는데?)

다행히 먼지 친화적인 것이 나뿐만은 아니었는지 함께 듣고 있던 친구가 고백했다.

"사실 나도 아무렇지 않아, 그건."

그녀는 대신 외출복을 입고 침대에 눕는 행동은 절대 용납할 수 없다고 했다. 침대는 목욕재계를 하고 나서야 들어갈 수 있는 성역이라는 거였다. 만약 양말을 신고 자신의 침대에 함부로 올라간다면 이판사판 파국이라고 덧붙였다.

생각해보니 청소치인 나에게도 민감한 포인트가 있었다. 바로 쓰레기. 한번은 애인이 새 칫솔 포장을 까서 세면대 위에 올려놓고 나온 적이 있다. 쓰레기를 고대로 두고 몸만 쏙 빠져나왔다는 사실이 충격적이었다. 물건은 여기저기 벌려놔도 쓰레기만은 바로바로 버리는 게 나름의 철칙이기 때문이다.

"저기다 두고 나오면 나보고 치우라는 뜻인가? 버리는 사람

따로 있고 치우는 사람 따로 있고?"

그날부로 그의 별명은 '쓰레기 생산자'가 되었다.

우리 중 가장 깔끔한 어린 양이 이 이야기에 의외로 너그러운 반응을 보였다. 자기는 쓰레기보다는 먼지가 훨씬 싫단다. 세 명이 모였을 뿐인데 견딜 수 있는 것과 없는 것이 이토록 달랐다.

이 외에도 샤워를 하고 나서 젖은 발로 욕실 슬리퍼를 신는 것(찔림), 수건을 쓰고 젖은 채로 바닥에 놓아두는 것, 쓰레기를 분리하지 않고 한 봉지에 집어넣는 것(그냥 내가 하게 해줘) 등등 손님에게 티내진 않지만 사실은 싫은 행동들이 몇 가지 더 열거됐다.

자기만의 소소하고 견고한 규칙을 설명하는 친구들의 얼굴은 진지했다. 나는 그들의 방을 떠올리며 웃었다. 주인을 쏙 빼닮은 집이었으니까. 머리카락과 먼지에 민감한 친구는 늘 '돌돌이'와 걸레를 밀고 다녀 바닥이 컬링을 해도 좋을 정도로 맨들거렸다. 침대 위 양말 사절, 젖은 발로 욕실 슬리퍼 금지를 외친 친구는 신발은 집에 도착하는 즉시 신발장에 집어넣어야 한다며 여러모로 발 정리(?)에 정통한 모습을 보였다.

나는 그들의 집에 가서 하지 말아야 할 몇 가지를 기억하려고 애썼다. 이야기를 들으며 찔렸던 행동은 더더욱. 어떤 이의 생활의 불문율을 인정하고 지키는 것 역시 그를 존중하는 하나의 방법이라고 생각하기 때문이다. 그게 내 기준에서 너무 유난이거나 세심할지라도 말이다. 몰랐으면 모를까 알게 된 후엔 노력이라도 해야 한다는 게 내 생각이다.

그러니 너의 집에 그리 뻔질나게 드나들면서도 방바닥 먼지 떼어 낼 생각을 한 번도 안 해본 남자와는 헤어지는 게 낫다고, 그날의 결론은 굽이굽이 먼 길을 돌아 그렇게 났다. 친구는 다시 어린 양의 자세로 돌아가 "그렇겠지?" 되물었고, 우리는 깊게 고개를 끄덕였다.

나도 공동명의자가 있었으면 좋겠다

"청약에 당첨되려면 어떻게 해야 할까요?"
"우선 결혼을 하세요."

"넌 언제 가장 결혼하고 싶어?"

망설임 없이 대답한다.

"집 사고 싶을 때!"

물론 애인과 둘만 아는 농담으로 30분째 낄낄거리다 문득 우리 사이의 공기가 참 따뜻하다고 느껴지는 순간에도 그런 마음이 든다(수습하는 거 아니다). 다만, 그때는 '이 사람과 함께 살고 싶다'는 마음에 훨씬 가깝다. 반면 결혼한 친구들의 번듯한 '자가'에 놀러 가면 나도 결혼이라는 제도를 통해 주거 안정에 추진력을 얻고 싶다는 생각이 든다.

　서른이 되고 가장 먼저 한 일은 부동산 카페에 가입한 것이었다. 서울 생활 10년 동안 이삿짐 싸는 데는 통달했지만, 내 집 마련은 상상 밖의 일이었다. 전세로 사는 게 걱정으로부터 더 자유로운 길이 아닐까 생각한 적도 있다. 하지만 영원히 전세금 상승을 걱정하며 집주인의 이자 요정으로 살 순 없다.

　청약 신봉자인 부모님의 권유로 스물한 살 때 만들었던 청약통장이 떠올랐다. 오래된 통장일수록 유리하다고 했으니 지금쯤 약간이나마 경쟁력을 갖추지 않았을까. 희망회로를 돌리며 부동산 카페의 글을 읽어나가기 시작했다. 나 같은 초보가 쓴 질문이 눈에 띄었다.

　"청약에 당첨되려면 어떻게 해야 할까요?"

　마우스휠을 도로록 굴리자 단호한 댓글 하나가 보였다.

　"우선 결혼을 하세요."

　어이가 없었다. 청약은 서민들이 조금이라도 쉽게 내 집 마련을 할 수 있게 만들자는 취지의 제도 아닌가. 여기서 결혼이 무슨 상관이 있단 말인가! 분개했지만, 공부를 하면 할수록 저 말은 반박할 수 없는 말이었다.

주택청약 일반 공급은, 서울의 경우 85제곱미터(약 25평) 이하는 무조건 가점이 높은 순으로 당첨된다. 가점 요소는 무주택 기간과 부양가족 수, 청약통장 가입 기간, 이 세 가지로 점수를 매겨 최대 84점까지 만들 수 있다. 여기서 함정 하나, 난 서른 살이니까 무주택 기간이 30년이겠거니 생각하면 오산이다. 무주택 기간은 만 30세 이후부터 쳐준다. 단, 결혼을 했다면 예외. 혼인신고를 한 시점부터 계산할 수 있다.

부양가족 수 역시 무주택 세대주인 1인 가구에겐 불리한 요소다. 결혼을 해서 애를 낳거나 부모님을 봉양해야 노려볼 수 있는 항목이다. 청약 가입 기간은 10년이면 10점. 요즘 서울의 청약 커트라인이 60점대를 육박한다고 하니 어디 가서 명함도 못 내밀 점수다. 결혼 안 한 30대가 청약에 당첨될 확률은 불가능에 가깝다는 결론이 난다.

불안감 없이 오랜 시간 살 수 있는 집, 지금보다 넓고 쾌적한 환경에서 살고 싶다는 욕구는 누구에게나 있다. 하지만 정책이 향하는 곳은 한정적이고, 그것은 가끔 국가가 원하는 방향으로 살라는 압박으로 다가오기도 한다. 청약 당첨 확률을 높이고 싶으면 신혼부부가 되라는 식으로 말이다.

친구들의 방 세 개짜리 아파트에 앉아 상대적 박탈감과 동시에 결혼 욕구를 느끼는 나는, 나의 '결혼하고 싶다'는 마음이 거짓인 걸 안다. 그 순간 내가 원하는 건 배우자가 아니라 전략적 경제 공동체니까. 동시에 궁금해진다. 주거 안정성을 얻는 가장 쉬운 방법이 결혼인 나라가 과연 건강한지에 대해.

나는 1인 가구에 대한 주거 지원이 4.84평짜리 행복주택에서 멈춰선 안 된다고 생각한다. 셰어하우스가 집다운 집에서 살고 싶은 1인 가구의 완벽한 대안으로 여겨져서도 안 된다. 혼자니까 원룸이면 충분하다고 생각하지 않았으면 좋겠다. 정책을 만드는 사람들도, 우리 스스로도.

나는 최근 SH 공사에서 시행하는 보증금 지원 사업에 신청해 대상자로 선정되었다. 이사 갈 집의 보증금 최대 30퍼센트를 서울시에서 무이자로 빌려주는 사업인데, 권리분석 등 까다로운 절차가 많아 집주인들이 기피한다고 한다. 그 바람에 선정되고도 계약을 못 하는 사례가 많다고. 좋은 취지임에도 실효성이 높지 않아 아쉬움을 표하는 사람이 많다. 하지만 어쩌겠는가. 참기름이 발라져 번번이 미끄러지는 동아줄이라도 절실한 사람이 손을 뻗는 수밖에.

나라에서 골라 먹을 수 있는 혜택을 부지런히 찾아 공부하는 동시에 공동명의자를 천천히 물색해야겠다. 요즘 눈여겨보고 있는 사람은 코드가 잘 맞는 내 사촌. 그녀는 수입이 훌륭한 프리랜서고 나는 대출이 용이한 직장인이니 괜찮은 조합이다. 서른다섯이 될 때까지 결혼을 안 한다면 함께 집을 구입하기로 구두계약까지 맺었는데, 그녀가 최근 사랑에 빠지는 바람에 파토 위기다.

그런 의미에서 공동명의자 구합니다. SNS 친구부터 시작할까요?

독립 초보자를 위한 당부

LH 앱과 SH 앱(서울에 산다면)을 가까이 하세요! 임대 주택 지원 사업에 대한 공지사항을 빨리 받아볼 수 있어요.

제3부

멋진 어른이
되는 법은 모르지만

살면서 한 번도 안 해본 일

좋아하는 일을 하며 보내는 안온한 시간만큼
즐거운 긴장감 역시 삶에는 꼭 필요하다.

겨울 여행은 언제나 1월 1일을 끼고 떠난다. 성수기라 비행기도 숙소도 비싸지만 1년에 한 번 치르는 의식을 포기할 순 없다. 낯선 곳에서 활짝 열린 감각으로 새해를 맞으면 한 해 동안 새롭고 놀라운 일들이 더 많이 일어날 것 같은 기분이 든다. 그런 연유로 어떤 해에는 외국인들과 밀고 밀치며 카운트다운을 외치고, 어떤 해에는 바다가 보이는 제주의 작은 집에서 귤을 까먹으며 열두 시가 되길 기다린다.

올해는 담양 슬로시티의 한옥에서 '연말정산'에 열중했다.

좋아하는 선배가 선물해준 아담하고 귀여운 책《연말정산》에는 1년을 돌아보는 100개의 질문이 적혀 있었다. 올해의 사건과 인물, 잘한 일과 못한 일. 눈을 가늘게 뜨고 기억을 더듬으며 나만의 작은 시상식을 치렀다.

더러 말문이 꽉 막히는 질문들도 있었다. 특히 '올해는 어떤 도전을 했니' 같은 유의 물음 앞에선 번번이 입술이 딱 붙어버렸다. 도전은커녕 매일 하는 업무도 초보 운전처럼 허둥거리기 일쑤였으므로. 쳇바퀴만 열심히 돌리기에도 녹록지 않은 일상이라고 스스로를 위로하며 새로운 일엔 발가락도 담가보지 않았던 것이다.

1월 1일의 리추얼이 무색해졌다. 내년 시상식에선 '뭐라도 했지' 부문에 참가상이라도 받자고 다짐했다.

그러다 문득 좋은 놀이 하나가 떠올랐다. 내게《연말정산》을 선물해준 선배는 일상의 사금파리를 주워 행복을 발견하는 데 일가견이 있는 사람인지라 삶을 재밌게 만드는 다양한 방법을 알고 있다. 그중 하나가 '새해 빙고'다. 새해 목표를 3×3 혹은 4×4 빙고에 적고, 연말에 가장 많은 빙고를 만든 사람이 이기는 게임이다. 한 칸이라도 더 지우려면 의욕적으로 삶에 임해야 한다.

당장 핸드폰으로 16칸짜리 표를 만들었다. 내기에는 동기 부여가 생명이니까 과감하게 '10만 원 빵'도 걸었다. 애인은 순식간에 봉변당한 얼굴로 물었다.

"너 어디서 레크레이션 수업 듣고 왔어?"

레크레이션 같은 거 유치하다고 해놓고 시작하면 제일 열심히 하는 사람이다, 내가. 자신 없어 보이는 애인을 독려하기 위해 나부터 과감한 목표들을 팍팍 써냈다. 한 달에 책 4권 읽기, 요가 물구나무 자세 성공하기, 새로운 사람 10명 만나기. 그중 가장 설레는 마음으로 써낸 것은, 살면서 한 번도 안 해본 일 하기.

유명한 다이어트 명언 중 이런 말이 있다.

"어차피 다 아는 맛이다."

사람들은 반박한다. 다 아는 맛이니까 먹고 싶은 거라고. 즐거움도 비슷하다. 뻔히 아는 즐거움이기 때문에 생각나고, 고된 날엔 특히 그립다. 고민이나 탐색 없이 곧장 기분을 전환할 수 있으니까. 하지만 보장된 즐거움만을 찾는 날이 반복되면 이 역시 하나의 루틴처럼 지루해지는 순간이 온다. '인생 노잼 시기'가 도래하는 이유다. 내가 좋아하는 일을 하며 보내는 안온한 시간만큼이나 즐거운 긴장감 역시 삶에는 꼭 필요하다.

태어나 한 번도 안 해본 일에 도전하기로 마음먹자 미지의 즐거움 앞에서 자주 멈춰 서게 됐다. 인스타그램에서 본 도예 클래스를 알아보기도 하고, 아이패드를 사서 그림을 그려볼까 하며 관련 영상을 섭렵하기도 했다. 새로운 경험을 하랬더니 장비 병에 걸려버린 자본주의의 호구…('아이패드 병'은 치유와 재발을 반복하며 계속 내 통장을 위협하고 있다).

그러다 초여름에 예정된 이탈리아 여행이 떠올랐다. 일주일은 애인과 함께, 나머지 일주일은 나 혼자 시칠리아를 둘러보는 일정이었다. 유럽 여행이 처음인 데다 홀로 다녀야 하는 시간들이 내심 두려웠는데, 이탈리아어를 배워 가면 좋겠다는 생각이 들었다. 에어비앤비 호스트에게 이탈리아어로 내 소개를 할 수 있다면 좀 더 재밌는 여행이 되지 않을까?

CM송이 유명한 인강 사이트에서 이탈리아어 수업을 결제했다. 강의는 20분 남짓한 시간에 핵심 문장 두어 개를 반복하며 머리에 때려 넣는 방식이다. 공부 세포가 전멸해버린 성인에게 딱이라는 말씀. 에이 비 씨를 이탈리아어로 어떻게 읽는지부터 "나는 중국인/일본인이 아닙니다."까지 배웠다.

아침에 선크림을 바르며 '우노, 두에, 뜨레, 꽈뜨로' 숫자를

외우고, 설거지를 하면서 혀를 사정없이 굴리는 연습을 한다. '르르르르르–.' 영어의 발음이 버터처럼 굴러가는 느낌이라면, 소리를 강하게 내뱉는 이탈리아어는 무척 호방하게 들린다. 그래서인지 영어를 할 때는 왠지 기가 죽어 목소리가 작아졌던 나도 이탈리아어는 큰 소리로 씩씩하게 발음하게 된다.

그리고 좀 틀리면 어떤가. 내 목표는 이탈리아어 능력시험에서 높은 등급을 받는 게 아니라 영화 〈먹고 기도하고 사랑하라〉의 줄리아 로버츠처럼 파스타를 이탈리아어로 주문하는 것인데. 그녀처럼 맛있는 음식을 너무 많이 먹어서 원래 입던 바지가 안 맞아도 괜찮겠다.

영화에는 이탈리아에서 만난 친구들이 줄리아 로버츠에게 이탈리아어는 거리에서 배워야 한다며 사람들의 손동작을 보여주는 장면이 나온다. 그중 손바닥을 앙 깨물며 상대를 응시하는 것은 "너 죽을래?"라는 뜻이라고. 그 모습이 어찌나 재밌던지 이탈리아에 가면 손동작을 꼭 배워와야겠다고 생각했다.

미지의 즐거움은 이렇게 또 다른 미지로 우리를 인도한다. 야심차게 써낸 새해 빙고는 다시 볼 때마다 역시 너무 야심찼다고 반성하게 되지만, '살면서 한 번도 안 해본 일 하기'라는 목표는 언제 봐도 맘에 든다. 1년에 딱 하나 새로운 단어를 삶에 추가하는 것만으로 우리의 우주는 훨씬 다채롭고 재밌어지리라.

P.S. '살면서 한 번도 안 해본 일 하기'의 옆 칸에는 '무사히 책 출간하기'가 있다. 당신이 이 책을 읽고 있다면 적어도 두 칸은 지우는 데 성공한 것이다!

새해 빙고 초보자를 위한 당부

꾸준히 지켜야 하는 것보다 결과론적인 목표가 빙고를 달성하기엔 좋습니다. '한 달에 책 4권 읽기' 너무 힘들어서 포기했어요.

번화가의 하루

새로 단장한 가게 앞을 지날 때면
떠나는 누군가의 표정을 자꾸 상상하게 된다.

어떤 끝은 하향곡선을 타고 부드럽게 흘러내려 짐작한 시간에 도착하지만, 어떤 끝은 중간에 툭 잘려나간 채 손쓸 방도 없이 찾아온다. 번화가 근처에 살다 보면 갑작스럽게 도려낸 듯한 '끝'의 현장을 자주 목격하게 된다.

원래 있던 가게가 하루아침에 사라지고 새로운 가게가 들어섰는데, 두 달이 지나 또 다른 업종으로 바뀌는 장면. 어제까지만 해도 마카롱을 팔던 작은 공간에 핫도그 기계가 들여지는 것, 옛사람의 흔적을 지우는 일 모두 일사불란하게 이루어진다. 그렇게 새로 단장한 가게 앞을 지날 때면 짐을 챙겨 떠났을 누군가의 표정을 자꾸 상상하게 된다.

얼마 전에는 한 라멘집이 문을 닫았다. 퇴근길에 충동적으로 들어가 에비동인가 돈코츠라멘인가를 먹었던 곳인데, 딱히 단골도 아니고 엄청난 맛에 《요리왕 비룡》의 심사 위원들처럼 감탄했던 가게도 아니다. 그냥 매일 정해진 시간에 문을 여는 성실한 가게. 인상 좋은 아저씨가 요리를, 아주머니가 서빙을 한다는 것만 기억에 남아 있었다.

출근 시간에 잰걸음으로 지하철역을 향해 걸어가다 가게 문 앞에 붙어 있는 안내문을 맞닥뜨렸다.

"건강검진 때문에 5월 2일 쉽니다. 죄송합니다."

며칠이 지나자 새로운 종이가 붙었다.

"수술을 하게 돼서 2주간 휴업합니다. 죄송합니다."

줄 서도 못 먹는 소문난 집이 아니고서야 장사하는 사람들에게 한 달 중 절반을 쉰다는 것은 엄청난 결단일 테다. 아니면 다른 선택지가 없었거나. 많이 아픈 걸까? 두 분 중 누가 아픈 걸까?

가게들이 쭉 늘어서서 빛을 밝히는 거리 위, 라멘집에만 오래도록 어둠이 내렸다. 나는 주인 없는 가게의 투명한 문 안쪽에 고지서와 전단지들이 나뒹구는 모습을 훔쳐보았다. 마지막 안내문이 붙은 건 화창한 일요일 오후였다.

"건강상의 문제로 폐업하게 되었습니다. 그동안 찾아주셔서 감사합니다."

다른 가게들은 문을 활짝 열어 손님을 맞이하고 있었다. 나는 잠깐 그 앞에 발이 묶인 채 서 있었다. 어떤 사람들의 한 세계가 끝나가는 과정을 지켜본 느낌이었다. 정확히 말하면, 한 세계가 본인들의 의도와 상관없이 끝나버린 장면을.

어쩌면 잠깐 떨어졌다가 회복해 다시 올라오는 그래프였을지도 모른다. 그분들도 그렇게 생각하지 않았을까. 수술이 끝나면 빨리 몸을 추슬러 가게 문을 열어야겠다고. 하지만 수술을 했는데도 별 차도가 없어서 혹은 앞으로는 일하기 어려운 몸이 되어서, 현실이 되지 않길 바랐던 이유 때문에 휴업이 폐업으로 변해버렸다. 열심히 일하고 웃는 얼굴로 식당을 누비던 그들은 자신의 일상에 드리워질 끝의 기미를 감지할 수 있었을까.

별 탈 없이 계속될 거라 믿었던 삶의 곡선이 갑자기 툭 곤두

박질쳐버린다면 우리는 뭘 할 수 있을까.

두 주쯤 지난 후, 그 자리는 치킨집으로 바뀌었다. 젊은 사람들이 맥주잔을 부딪치며 와자지껄 떠드는 소리가 바깥까지 흘러나왔다. 고개를 돌리자 6개월 전 오픈한 빵집 외벽에 새로운 색깔의 페인트를 칠하고 있는 인부들이 보였다.

떠나는 사람과 새로 온 사람, 각자의 사정들로 북적이는 번화가의 하루가 또 저물어간다.

메이트

누구와 얼마나 친한가 하는 것보다
언제 누굴 만나면 가장 즐거운가!

예전부터 궁금했던 점이 하나 있다. '비밀번호 찾기' 힌트의 질문들은 왜 다 그 모양일까? 좌우명이나 좋아하는 캐릭터 등 살다 보면 변할 수밖에 없는 것들을 답하라고 해서 비밀번호를 찾을 기회를 영영 잃게 만들질 않나, 고작 비밀번호를 찾으려고 이토록 내밀한 질문에 대답해야 하는 걸까 의문이 드는 질문을 막 던진다. 예를 들면 '타인이 모르는 신체 비밀은?' 요런 거.

하지만 내가 가장 싫어하는 질문은 따로 있었다.

'나의 가장 친한 친구는?'

단짝이랄 게 없었던 어린 나는 그 질문을 받는 것만으로 마음에 스크래치가 나곤 했다. 쫙쫙.

어떤 사람이 누군가를 소개하며 "내 단짝이야."라고 한다면 그건 임자 있다는 말과 같다. '단짝'은 연인만큼이나 독점적인 관계이기 때문이다. 나에게도 네가 제일 친한 친구, 너에게도 내가 제일 친한 친구. 이 공식이 깨지면 단짝이라고 말할 수 없다.

그 단 한 명이 없다는 사실은 나의 오랜 콤플렉스였다. 나는 늘 친하긴 하지만 제일 친한 친구는 아니었다. 내게 그런 질문이 돌아올 때도 자신 있게 하나의 이름을 대지 못했다. 내 마음과 그 친구의 마음이 같으리란 보장이 없으니까. 그렇게 머뭇거릴 때면 어쩔 도리 없이 외로워졌다.

오랫동안 나는 친구 관계도 음악차트처럼 랭킹이 있다고 생각했고, 거기서 나의 위치를 가늠하는 데 많은 에너지를 쏟았다. 많은 친구들의 차트에는 언제나 부동의 1위가 있었다. 5위보단 3위가, 3위보단 1위가 가치 있는 사람처럼 느껴졌다. 그 차트 안에서 나는 언제나 어중간한 패배감을 맛봐야 했다. 나는 왜 누군가의 제일 친한 친구가 되지 못할까? 10대의 일기장에는 그런 문장들이 가득했다.

단짝 콤플렉스에서 벗어난 것은 그 빌어먹을 차트를 머릿속에서 치워버린 후였다. 가장 친한 애 이름 밑에 그보다 덜 친한 애의 이름을 쓰는 방식 말고, 그냥 같은 선 위에 모든 친구들을 올려놓자 마음이 한결 편해졌다.

대단한 깨달음이 있어서는 아니었다. 그저 사람 때문에 느끼는 충만함과 쓸쓸함은 영원히 반복될 수밖에 없다는 사실을 긍정하자 그동안 전전긍긍했던 것들이 별로 중요치 않게 느껴졌다. 남의 차트에서 내가 몇 등인지도 더 이상 궁금하지 않았다. 누구와 얼마나 친한가 하는 것보다 언제 누굴 만나면 가장 즐거운가에 대해 생각하게 되었다.

그러면서 깨달았다. 내겐 단짝은 없어도 다양한 '메이트'들이 있다는 걸. 애인과 싸우면 제일 먼저 생각나는 연애 상담 메이트, 취향이 비슷해 만나면 사업 아이템을 늘어놓기 바쁜 동업 메이트, 최애 배우의 '짤'을 공유하며 주접을 떨 수 있는 덕질 메이트.

모든 것을 함께 할 수 있는 한 명의 소울메이트를 가지는 것은 분명 행운이지만, 서로가 가장 잘 맞는 교집합 위에서 적재적소의 파트너가 되어주는 것 역시 인간관계를 꾸려나가는 하나의 방법이다.

다양한 메이트들과 주기적으로 만나 근황을 공유하고 고민을 나누는 시간이 좋다. 이러한 느슨한 교류가 내게 아주 잘 맞는다고 생각한다. 나는 좋아하는 친구가 뜻 모를 말 한마디만 던져도 찜찜함에 잠 못 이루는 사람이고, 그만큼 관계에서 오는 스트레스에 취약하기 때문이다. 한 사람에게 모든 친구의 역할을 부여하고 기대한다면 그와의 사이가 흔들릴 때마다 개복치처럼 픽픽 죽어버릴지도 모른다. 그러니 계란처럼 우정도 여러 바구니에 담으련다.

최근 인상 깊게 읽은 책에는 이런 구절이 나온다.

> 인간은 물건이든 사람이든 많은 곳에 의존하지 않고는 살
> 아갈 수 없다. 따라서 의존할 곳을 늘리되 그 하나하나에 대
> 해서 의존도를 낮추면 아무것에도 의존하지 않는 것으로
> 착각할 수 있다. 바로 이 상태가 자립이다.
> _미니멀리스트 시부,《나는 미니멀리스트, 이기주의자입니다》

나는 친구들을 만날 때 그들이 '타인'임을 잊지 않으려고 애쓴다. 선을 긋고 진심을 보이지 않는다는 뜻이 아니다. 그들이 건네는 따뜻함을 응당 받아야 할 마음으로 취급하지 않겠다는

다짐이다. '친구'라는 이름에서 기대를 덜어내고, 서로에게 더 좋은 타인이 되기 위해 노력하는 것. 그것이 내가 생각하는 인간관계에서의 자립이다.

비밀번호를 자주 잊어버리는 사람을 위한 팁

100퍼센트 확률로 비밀번호 힌트 찾는 법. 전 남친이 알려준 비법인데 토스트 레시피 만큼이나 유용합니다. 힌트를 설정할 때 무조건 가장 첫 번째 질문을 선택하고 답은 아이디로 통일할 것! 설마 저만 몰랐나요?

엄마의 독립

"내 인생이 허무해."
아름답기만 한 독립은 애당초 없는 것일지도.

동생이 집을 나갔다. 아르바이트를 해서 모은 돈으로 혼자 살 원룸을 구했다고. 소식을 전하는 엄마의 목소리가 푹 가라앉아 있었다. 갑작스러운 독립 선언 이전에 동생은 또 하나의 폭탄을 터뜨렸다. 2년째 준비 중이던 시험을 포기하겠다고 통보한 것이다. 앞으로 뭘 하며 살진 모르겠지만 어쨌든 밖에 나가 제 식대로 살아보겠다는 게 동생의 입장이었다. 그 소리를 들은 엄마는 뒷목을 잡고 쓰러질 뻔했다.

평범한 소시민 부모가 생각하는 독립이란 안정적인 직장을 가지면서 자연스럽게 집에서 분리되는 것이고, 거기에는 '성취'가 전제돼 있다. 최소한 밥벌이에 대해선 걱정하지 않아도 될 정도의 성취. 엄마가 원하는 독립도 다르지 않았다. 그러나 동생은 엄마가 생각하던 시기와 방식을 모두 배신한 채 서둘러 집을 떠나버렸다.

처음에 나는 엄마가 동생에 대한 실망감 때문에 힘들어한다고 생각했다. 꼭 해내겠다던 시험을 6개월 앞두고 그만둬버린 것과 무작정 나가 살겠다는 대책 없음에 나조차 화가 났으니까. 하지만 이어지는 엄마의 말에 그게 다가 아니라는 걸 깨달았다.

"내 인생이 허무해."

10년 전 전화기 너머에서 들리던 눅눅한 목소리가 그 위로 겹쳐졌다. 엄마에게 두 번째 '독립통'이 찾아온 것이다.

내가 스무 살에 서울로 떠나왔을 때, 엄마는 오랫동안 힘들어했다. 학과 행사를 마치고 신나서 밤에 전화를 걸면 나를 대견스러워하는 듯하면서도 어딘지 우울한 기색이 느껴졌다. 손이 많이 가던 딸이라 난 자리가 더 눈에 잘 띄었던 걸까. 매일 내게 쏟아붓던 관심과 애정이 갈 곳을 잃으면서 엄마는 자신의 본질을 고민하기에 이르렀다.

　전화기 너머로 들리는 엄마의 목소리는 오랫동안 비를 맞고 선 사람처럼 지쳐 있었다. 나는 덜컥 겁이 나 방학이 되자마자 목포로 내려가 엄마와 많은 시간을 보냈다. 매일 아침 함께 수영을 가고, 마주 앉아 밥을 먹고, 엄마가 청소기를 돌리면 옆에서 걸레질을 하고, 시간 날 때마다 유달산 산책로와 바다가 보이는 도로를 걸었다. 처음으로 알게 됐으니까. 내가 엄마를 필요로 하는 것처럼 엄마에게도 내가 절실한 순간이 있다는 사실을.

　'독립'은 언제나 떠나가는 사람의 입장에서 쓰이지만 떠나보내는 사람에게도 그것은 새로 서는 일이다. 이제 당신의 사랑과 조언 대신 내 판단과 마음을 믿겠다고 선언하는 자식을 잘 놓아주는 것. 거기서 오는 외로움과 상실감을 잘 컨트롤하는 것. 배운 적 없는 감정에 휩쓸려 떠내려가지 않기 위해선 오랫동안 잊고 살던 '나'를 건져내어 단단히 세워야만 한다.

　자식이 할 수 있는 일이라곤 엄마의 기분을 잠깐 환기시켜주는 것뿐. 허무함을 떨쳐내고 스스로 행복을 찾는 법을 터득하는 것은 오로지 엄마의 몫이다. 다행히 엄마는 한 번의 경험을 선생 삼아 꽤 잘 해나가고 있는 듯하다. 친구들과 자주 만나 시간을 보내고, 동생의 미래에 대한 걱정을 내려놓으려 마음 수련 중이라고. 부모가 자식을 완전히 포기할 순 없겠지만 그렇다고 대신 살아줄 수도 없으니까. 그렇게 말하는 엄마의 목소리는 여전히 조금 어두웠으나 10년 전과는 비교도 안 될 정도로 마음이 놓였다.

엄마에게 위로가 될진 모르겠지만 요즘엔 '찬 둥지 증후군'이라는 것이 있다고 한다. '빈 둥지 증후군'의 반대말로, 장성해서도 독립하지 않은 자식들 때문에 생기는 걱정과 갈등이 부모를 힘들게 하는 현상을 뜻한다.

이에 관련된 인상 깊은 기사를 하나 읽었는데, 미국의 마크 로톤도 씨가 서른 살 먹은 아들 마이클에게 집에서 퇴거할 것을 요청하며 소송을 제기한 사건이었다. 로톤도 부부는 아들에게 '이제 너 독립할 때가 됐다, 녀석아. 이사 비용까진 마련해줄 테니 집에서 좀 나가'라고 편지를 보냈지만, 아들은 독립할 준비가 되지 않았다며 거부했다. 재판장에서는 세입자를 퇴거시키기 위해선 6개월 전에 통보해야 한다는 법 조항까지 내세웠다고 한다. 법원에선 결국 부모의 손을 들어줬다고.

우리는 종종 이런 순간을 보고 듣고 겪는다. 이별을 말하는 이와 통보받는 이의 타이밍이 어긋나는 불행한 순간. 정도의 차이일 뿐, 우리의 타이밍은 대부분 딱 들어맞지 않는다. 기대란 놈은 눈에 보이지 않는데도 너무 힘이 세서 배반한 사람과 배반당한 사람 모두에게 큰 상처를 남긴다. 아름다운 이별이란 말이 말뿐인 것처럼 아름답기만 한 독립 역시 애당초 없는 것일지도 모르겠다.

무엇보다 로톤도 씨네 사례에서 얻을 수 있는 가장 큰 교훈은 자식이란 독립을 하든 안 하든 어차피 근심을 끼치는 존재라는 사실이다. 부모 자식간의 얄궂은 운명을 바꿀 수는 없을 테고, 엄마의 마음 수련이 순조롭게 이어지길 바랄 뿐이다.

무심한 자식들을 위한 팁

1초 만에 부모님을 기분 좋게 해드리는 방법. 돈 꽃다발 또는 돈 티슈를 준비합니다!

이해할 수 없어

나는 단 한 번도 아빠에게
영화를 보자고 말해본 적이 없었다.

친한 언니가 나의 캐릭터를 설명하며 "넌 납득이 안 되면 못하는 사람이잖아." 하고 말한 적이 있다. 아주 정확한 파악이라고 생각했다. 그래서 필연적으로 아빠와는 (또) 상극이다. 아빠는 꾸준히 나를 당황시키기 때문이다.

이를테면 잠이 안 와서 걱정이라더니 자정이 다 된 시각에 믹스커피를 타먹는다든가(당과 수분을 조심해야 하는 신장병 환자면서 말이다), 오밤중에 텔레비전을 보다 갑자기 내 운동화를 빨아버린다든가(내일 서울 가야 하는데…) 하는 식이다. 이렇듯

인과관계가 도통 이해되지 않는 행동들을 자주 한다.

지난번에는 영화 때문에 한바탕 속이 시끄러웠다. 그때 나는 출장이 끝나 아빠 집에서 요양 중이었다. 입이 돌아갈 것 같은 추위에 열흘 동안 야외 촬영을 하느라 휴식이 절실한 참이었다. 온종일 늘어지게 자고, 깨면 먹고, 트위터 좀 하다가 질리면 텔레비전으로 시선을 옮기는 게으른 나날이 이어졌다. 나의 집순이 DNA는 아빠에게 물려받은 것이라 일할 때를 빼면 아빠도 내 옆에서 유튜브를 보고 있었다. 생로병사의 비밀, 자연인, 국회가 어쩌고저쩌고하는 단어들이 간간이 귀로 흘러들었다.

그렇게 서로의 취향을 완벽 존중하며 평화로운 시간을 보내다 보니 어느덧 서울로 돌아가야 할 날이 성큼 다가왔다. 시계를 보니 새벽 한 시. 다음날 기차를 타야 하므로 인터넷 탐험은 그쯤 하기로 하고 침대에 누웠다. 그때, 나처럼 부산스럽게 잘 채비를 하는 듯했던 아빠가 갑자기 제안을 했다. 영화를 보자고.

심야 영화를 보러 극장에 가자는 말로 알아들은 나는 펄쩍 뛰었다. 다행히 IPTV를 뜻하는 거였지만 영화를 보기에 너무 늦은 시간임에는 변함이 없었다. 지금 영화를 틀면 언제 자겠는가. 내일 기차도 타야 하는데.

나의 거절에 아빠는 몇 번 더 조르듯이 묻더니 서운하다며 휙 불을 꺼버렸다. 모로 누운 등이 눈에 밟혀 마음이 아주 어지러웠다. 그렇지만 나도 억울했다. 영화가 보고 싶었으면 진작 이야기하지. 열한 시에만 이야기했어도 흔쾌히 승낙했을 텐데, 왜 이제야!

서울행 기차, 생각하는 의자에 (또) 앉아 아빠의 행동을 이해해보려고 애썼다. 아빠는 왜 새벽에 갑자기 영화를 보자고 했을까.

며칠 내내 이어졌던 집안 풍경이 떠올랐다. 서로 각자의 화면에 얼굴을 박고 말 한마디 건네지 않았다. 내가 한창 빠져 있던 드라마를 볼 때만 나란히 앉아 주인공에 대해 이러쿵저러쿵 참견하며 이야기를 나눴다. 우린 마주 보고 대화하는 것보다 같은 화면을 보며 이야기하는 게 더 익숙하고 편했다. 아빠는 그 얼마 안 되는 시간이 좋았던 걸까?

문득 한 번도 생각해보지 않았던 것이 궁금해졌다. 아빠가 극장에서 영화를 본 적이 있나? 내가 아는 한 아빠의 문화생활은 집에서 텔레비전을 보거나 택시 안에서 라디오를 듣는 게 전부였다. 극장 의자에 몸을 기대고 팝콘을 먹는 아빠의 모습은 잘 상상되지 않았다. 우리가 함께 앉아 있는 장면은 더욱.

나는 단 한 번도 아빠에게 영화를 보자고 말해본 적이 없었다. 집에서도, 극장에서도. 이해하려고 노력하는 척했지만 내 기준에 맞춰 아빠의 행동을 재단했을 뿐, 아빠와 시간을 나눌 생각은 하지 않은 것이다. 대체 왜 그러냐고 묻는 대신 내 옆에서 웃고 말하는 아빠를 바라볼 때 자연스럽게 알게 되는 것들이 있었을 텐데….

(또) 반성을 하며, 서울에 도착했다는 방송이 나올 즈음 아빠에게 전화를 걸었다.

"아빠, 다음에 갈 땐 극장에서 같이 영화 봐요."

"그래."

짤막한 대답이 돌아왔다. 거절도, 손사래도 치지 않아서 더 미안해졌다. 다이어리 한편에 적어두었던 문장 하나를 보다 더욱 마음이 콕콕 찔려버렸다.

이해할 수 있어서 사랑하는 건 아니다. 사랑해서 어떻게든
이해하고 싶어지나 그마저도 늘 실패할 뿐.

_김신지, 《좋아하는 걸 좋아하는 게 취미》

이해하지 못해도 사랑할 수 있다는 사실을 나는 자주 잊는다. 이해가 사랑의 전제인 양, 이해에 실패하면 사랑할 수 없다는 듯 굴었던 날들이 많다. 잘잘못을 따지고 논리를 내세우면서. 풀 죽은 아빠 모습을 보며 후회해놓고, 다음에 가면 언제 그런 후회를 했냐는 듯 또 입씨름을 벌이곤 했다.

나는 그냥 '사랑'의 자리에 좀 더 쉬운 말들을 넣어보기로 했다. 이해하지 못해도 함께 영화 볼 수 있다, 이해하지 못해도 마주 앉아 밥 먹을 수 있다, 이해하지 못해도 같이 산책할 수 있다. 그러다 보면 이해할 수 있어서 사랑하는 건 아니라는 저 문장을, 납득은 못해도 실천할 수 있는 날이 올지도 모른다.

그때까지는 역시 생각하는 의자가 필요할 것 같다.

멋진 어른이 되는 법은 모르지만

품위 있게 늙으려면 서른부터
정신을 바짝 차려야 하거늘!

로맨스 드라마의 1화는 자주 이렇게 시작한다. 갓 서른이 된 여자들이 '이렇게 서른이 될 줄 몰랐다'고 한탄하면서. 사랑도, 일도 무엇 하나 제대로 손에 쥔 게 없는데 어쩌자고 나는 서른이 되었나 우울해하는 내레이션이 참 싫었다. 백서른 살도 아니고 고작 서른 살 먹어놓고 나이 타령 하는 게 우습고, 왜 모두 서른을 대단한 분기점이나 되는 것처럼 호들갑을 떠는지도 이해가 안 됐다.

그리고 우물쭈물하는 사이, 나는 서른이 되었다. 맙소사. 내가 욕했던 그녀들처럼 나도 시시하게 굴고 있었다.

"언제 나이를 이렇게 먹었지? 서른 살이 되리라곤 상상도
못 했는데!"

이딴 말을 내뱉으면서.

故김광석이 왜 〈서른 즈음에〉라는 노래를 만들어 불렀고, 최
영미 시인이 어떤 기분으로 '서른, 잔치는 끝났다'고 읊조렸는
지 어렴풋이 알 것 같은 시기가 내게도 찾아온 것이다.

그렇다고 앞으로의 날들이 폐장한 축제처럼 쓸쓸할 거라고
단정 짓거나, 이뤄내지 못한 것들을 복기하며 과거를 후려치
고 싶은 마음은 조금도 없다. 단지 테드TED 강연의 제목 같은
고민을 하게 됐을 뿐이다. 어떻게 살 것인가.

나는 내가 그토록 혐오하던 '꼰대'나 '고인 물'이 아닌 괜찮
은 어른이 될 수 있을까?

링컨은 "마흔을 넘긴 사람은 자기 얼굴에 책임을 져야 한다."
고 했고, 공자는 더 무서운 말을 남겼다. "불혹에 접어들고도 남
의 미움을 받으면 그자는 끝장이다."

내 인상과 행동, 태도에 책임져야 할 날이 고작 10년밖에 남
지 않았다니. 서른이 무슨 대단한 분기점이냐고 비웃었던 과

거의 나는 바보였다. 품위 있게 늙으려면 서른부터 정신을 바짝 차려야 하거늘!

그런 의미에서, 얼마 전 알게 된 아이유의 생활신조가 무척 인상적이었으니, 그녀가 늘 마음에 새긴다는 세 가지는 이렇다. 첫째, 나는 행운아다. 둘째, 들뜨지 말자. 셋째, 일은 적을수록 좋다.

시대의 아이콘으로 불리는 스타이니 내가 잘된 건 다 내 탓이라 여기며 자의식에 취해 살 수도 있을 텐데. 아이유는 간결한 세 문장으로 겸손을 기억하고 오만함을 경계한다. 모르긴 몰라도 이런 생각을 지니고 사는 사람과 아닌 사람의 10년, 20년 후는 많이 다르지 않을까?

아이유에게 힌트를 얻어 나도 딱 세 가지만 정해 실천해보려고 한다. 산뜻한 어른이 되기 위한 생활신조!

하나, 기분이 태도가 되게 하지 말자. 인터넷에서 본 작자 미상의 명언이다. 주변 사람들에게 이야기하자 "응. 네가 제일 못하는 거."라는 답이 돌아왔다. 맞다. 일주일에 열두 번씩 다짐하고 스무 번 실패한다. 그게 얼마나 꼴불견인 줄 아는데도! 그러니 더더욱 생활신조 1번에 올려놓고 수시로 새겨야 한다.

기분과 태도를 분리하지 못하면 어려서는 아마추어, 늙어서는 꼰대 소리를 듣는다.

둘, 새로운 것을 싫어하지 말자. 20대 콘텐츠를 만드는 회사에서 일하다 보니 한 달이 멀다 하고 새로운 신조어와 트렌드를 접한다. 인기의 이유를 도통 이해할 수 없는 경우도 많다. 그럴 때면 나도 모르게 "요즘 친구들 감성, 정말 모르겠다." 하고 볼멘소리가 튀어나온다. 자기가 즐기지 못한다고 다른 세대의 문화를 이해 못할 것으로 치부하는 태도는 내가 가장 싫어했던 연장자들의 특성인데…. 왜 나쁜 건 항상 빨리 배울까.

예전에 함께 일했던 인턴 친구는 자신의 몸에 '포에버 영'forever young이라는 타투를 새겼다. 여기서 'young'은 비단 몸의 생기만을 뜻하는 건 아닐 테다. 마음과 머리의 유연함에 더 가깝겠지. 낯선 것에 무작정 혀를 끌끌 차지 않는 사람만이 말이 통하는 어른이 될 수 있을 테니까.

마지막으로, 더 늦기 전에 운동하자. 인내와 친절과 사랑과 웃음은 체력에서, 꼿꼿하게 편 기품 있는 자세는 허리 근육에서 나온다. 품위를 떠나서라도, 이 이상 거북목이 되면 바다로 돌아가야 한다. 이상.

생활신조를 적으려고 했는데 어쩐지 반성문이 돼버렸다. 내가 가장 싫어하는 내 모습 3종 세트인지도 모르겠다. 감정적이고, 익숙한 것만 선호하고, 게을러터진. 이런 모습을 완벽히 고칠 순 없을 것이다. 사람은 그렇게 쉽게 변하지 않는다. 다만 마음에 두고 떠올릴 순 있다. 생각 없이 말했다가 '아차' 하며 반성하거나, '다음부턴 그러지 말아야지' 다짐했던 걸 실행으로 옮기다 보면 최악의 중년은 면할 수 있지 않을까.

나는 서른 살의 내가 이전보단 괜찮은 인간이었으면 좋겠다. 마흔엔 나름의 멋도 느껴지길 바란다. 청춘은 점점 멀어져가고 화려한 파티는 끝났을지 몰라도 내가 나를 만들어갈 여지는 여전히 남아 있다고. 기깔나게 멋진 어른은 아니어도 좀 더 나은 어른은 될 수 있다고. 더 나중에도 그렇게 믿고 싶다.

그리고 누가 그랬다. 원래 축제는 뒤풀이가 더 재밌는 법이라고.

망한 여행에서 발견한 것들

신록을 보며 달리는 자전거라니.
게다가 여행지에서 타는 첫 자전거, 낭만적이잖아!

몸은 서울에 있지만 마음은 늘 경상도와 제주도를 가로지르고 있는 나의 귀촌 상상 메이트가 어느 날 경주 여행을 가자고 제안했다. '황리단길'이라고 이름 붙은 예쁜 골목이 생겼다는 이야기는 익히 들어 알고 있었지만, 솔직히 시큰둥했다. 망원동에도 근사한 가게들이 많은데 군이 경주까지?

내 미지근한 반응을 용납할 수 없다는 듯 귀촌 메이트의 경주 영업은 계속됐다.

"경주에 왕릉이 많잖아. 무덤이 길 한복판에 있다고 생각해

봐. 엄청 비현실적인 풍경이야. 삶과 죽음이 공존하는 느낌? 제일 좋은 건 뭔지 알아? 고도 제한 때문에 높은 건물이 거의 없어. 고개를 위로 안 꺾어도 하늘이 보인다니까!"

그렇게 경주에 가게 되었다.

숙소는 그녀가, 교통편은 내가 예약하기로 했다. 출발 2주 전에 왕복 두 장씩 예매를 마쳤다. 아니, 마친 줄 알았다. 여행 전날 확인해보기 전까지는. 분명 오는 편과 가는 편 두 번 결제했는데 앱에는 서울로 돌아오는 기차표만 덩그러니 남아 있었다. 뒷덜미가 서늘해졌다. 마른침을 꼴깍 삼키며 누른 '승차권 구입 이력' 창에서 정확히 지난주 토요일로 예매한 두 장의 티켓을 볼 수 있었다.

그건 어쩌면 신이 준 시그널이었는지도 모른다. 이번 여행은 기필코 망하고 말리라는.

남는 표 중 제일 빠른 차편은 오후 네 시가 넘어서야 경주에 떨어지는 것이었다. 귀촌 메이트는 매우 어이없어했으나 곧 쿨하게 용서해주었다.

기차에 몸을 실으니 그래도 여행 기분이 났다. 오늘과 내일, 정확히 말하면 오늘의 늦은 오후부터 내일 오후까지 에누리 없는 24시간을 어떻게 여유 있게 즐길 수 있을지 고민하며 계획을 세웠다. 그때 그녀가 예상치 못한 이야기를 꺼냈다.

"너 자전거 탈 줄 알지? 경주는 걸어 다니기엔 크고 차 타기엔 작아서 자전거가 딱이야!"

탈 줄은 안다. 어떠한 방해물도 없는 평지에서만.

자신 없어 하는 내 모습을 보며 그녀는 당황했다. 설마 자전거를 못 타리라고는 생각지도 못한 눈치였다. 그녀는 나에게 꼭 보여주고 싶은 수목원이 있다고 했다. 자전거를 타고 30분이면 가는 곳이니, 우선 자전거를 렌트 해보고 정 못 타겠으면 반납하자고 용기를 북돋아주었다.

긍정의 힘을 받았더니 왠지 자전거에 올라타면 잠들어 있던 운동신경이 살아나 도로 위를 씽씽 달릴 수 있을 것만 같았다.

신록을 보며 달리는 자전거라니. 게다가 여행지에서 타는 첫 자전거, 낭만적이잖아!

그렇게 7년 만에 자전거를 조우하게 됐다. 생각보다 많은 인파에 긴장한 나머지 핸들을 쥔 손에 힘이 들어가 목과 어깨가 돌처럼 굳어졌다. 귀촌 메이트는 페달과 두 바퀴만 있으면 어디든 훨훨 날아갈 수 있는 실력의 소유자였지만 나를 배려하여 몇 번이고 뒤를 돌아보며 속도를 맞췄다.

20분쯤 달렸을까. '경주는 보도블록이 정말 울퉁불퉁하네'라고 생각한 순간, 한 아저씨가 내 앞으로 걸어오는 모습이 보였다. 사람을 들이받을지도 모른다는 두려움에 지배된 내 뇌는 다리를 바닥에 내려 사뿐히 멈추는 대신 핸들 브레이크를 있는 힘껏 잡아당기길 택했다. 갑작스러운 반동에 자전거가 뒤로 넘어가면서 거기 타고 있던 나도 차도로 굴러떨어졌다.

나자빠진 순간의 기억은 없다. 눈을 뜨니 오른쪽 정강이가 심히 욱신거렸다는 것밖에. 바지를 걷어보니 시퍼렇게 멍이 든 것은 물론, 멍 든 자리가 부풀어 올라 있었다(의사피셜, '피하혈종'이라고 했다). 앞서가던 그녀가 헐레벌떡 달려왔다. 아파서 일어나지 못하는 나를 보며 그녀는 괜히 자전거를 타자고 했다며 미안해했고, 나는 그녀의 여행을 망친 것 같아서 미안해졌다.

절뚝거리며 자전거를 반납하러 가는 길에 황리단길을 지나쳤지만, 내 손에 들린 살상무기를 빨리 치워버리고 싶다는 생각밖에 들지 않았다. 날이 어두워질수록 다리는 퉁퉁 부어올랐고, 날씨도 급격히 추워져 야경 스폿으로 점찍어두었던 동궁과 월지를 포기했다. 물가에 비친 작은 궁과 달의 모습이 참 아름다웠는데….

다음 날엔 석굴암에서 내려가는 버스가 한 시간 넘게 오질 않아 바로 기차를 타러 가야 했다. 경주에 갔는데 황리단길은 끝내 구경도 못 한 것이다. 1박 2일 동안 먹은 음식이 모두 맛없었던 건 덤(맥도날드에서 산 감자튀김이 제일 맛있었다). 어쩜 이리도 대차게 망해버릴 수가!

"그래도 언니, 이번 여행의 수확이 있어요."

서울로 돌아오는 기차 안에서 불쑥 내뱉은 말에 귀촌 메이트가 그딴 게 어딨느냐는 표정으로 나를 쳐다보았다.

"뭔데?"

"제 인생에서 없애야 할 게 뭔지 깨달았어요."

자전거라든가, 내 육신에 대한 근거 없는 믿음이라든가. SNS에서 본 낭만적인 그림이 내 것이 되리라는 착각도.

그리고 깔깔 웃는 귀촌 메이트의 얼굴을 보며 문득 깨달았다. 되는 일이 지지리 없는 여행이었는데 (원인 제공자는 주로 나였고) 짜증 한번 내지 않다니. 보살인가? 그녀의 하해와 같이 넓은 마음이 아니었다면 끝까지 사이좋게 다닐 수도, 불운을 반찬 삼아 웃을 수도 없었을 것이다. 원래 극한 순간에 튀어나오는 게 본연의 모습이거늘. 내가 그동안 이토록 자애로운 사람을 친구로 두고 있었던 것이다.

인생에서 없애야 할 것도 모자라 꼭 있어야 하는 사람까지 깨달았으니, 망했지만 아주 망한 여행은 아니라는 생각이 들었다. 나는 그녀에게 날이 선선해질 때쯤 다시 경주에 가자고 제안했다. 이번엔 표도 똑바로 예매하고 넘어지지도 않겠노라고. 보살님은 정말 보살답게 "그래, 그런 곳을 찾아보자." 하고 대답했는데, 곱씹어보니 경주는 거절당한 것 같다.

그래도 괜찮다. 첫 여행이 대차게 망했으니 두 번째 여행은 이보단 좋을 것이다. 엉뚱한 날짜에 표를 끊고 자전거를 타다 넘어지는 바람에 돌아오는 기차까지 놓치는 일이 벌어지지 않는다면 가뿐히 만회할 자신이 있다. 이게 바로 망해본 자의 여유다.

5만 원과 10만 원 사이

'인출할 금액을 입력하십시오.'
화면을 누르던 손가락이 한참 동안 방황했다.

3년 전쯤, 《대학내일》 매거진에 '인간관계 미니멀리스트가 되는 네 가지 방법'이라는 제목의 칼럼을 쓴 적이 있다. 대강 이런 이야기였다. 타인에게 휘둘리지 말고 '나'를 중심에 두는 삶을 살자. 그러기 위해서는 우선 사람을 정리해야 한다. 3년 이상 연락 없는 사람들의 번호와 카카오톡부터 다 지워버려라! 그들은 실존하는 관계가 아니라 2D에 불과하다!

그렇게 독자들을 선동해놓고 이제 와서 이런 고백을 하려니 민망하기 짝이 없지만, 사실 나는 끝내 핸드폰에서 몇 명의 이름을 지우지 못했다. 한때는 누구보다 친밀했지만 지금은 내 옆에 없는 사람들.

사랑이 지나간 자리에 추억과 미련이 덕지덕지 남는 것처럼 우정이 지나간 자리도 말끔하지만은 않다. 외로운 날에는 같이 있는 것만으로 마음이 충만해졌던 옛 친구가 떠오르고, '그토록 친하게 지냈지만 결국은 멀어지고 말았지'라는 결론에 이르러 쓸쓸해지고 만다. 감성 터지는 새벽녘에 어쩌다 그들의 사진을 보게 되기라도 하면 어찌나 멜랑콜리해지는지. 이제는 뭘 하고 사는지도 모르는 나의 옛 사람들, 자니?

나는 그들을 '연락이 끊긴 지는 오래됐지만 지워버리기엔 아직 마음의 준비가 안 된 인연들'의 목록에 올려놓고 핸드폰과 마음 한구석에 고스란히 내버려두었다. 더 오랜 시간이 지나 무덤덤하게 정리할 수 있을 때까지 가지고 있을 심산이었다. 앞으로도 지금껏 그랬던 것처럼 어떤 연락이나 만남도 없다면 추억의 틈바구니에서 조용히 풍화되어 갈 이름들이었다.

그러던 어느 날, 세상에 장담할 수 있는 건 아무것도 없다더니 그 목록에 있던 J의 결혼식에 가게 되었다. J가 결혼한다는 소식을 건너 들었고, 축하 인사만은 꼭 직접 해주고 싶어 6년 만에 연락을 했다. 우리는 서로에게 하나도 안 변했다는 말을 서른 번쯤 하며 즐겁게 저녁을 먹었다.

결혼식 당일. 자동차로 미어터지는 남부순환도로를 뚫고 예식장에 늦지 않게 도착한 것까지는 좋았는데, 생각지도 못한 곳에서 제동이 걸렸다.

'인출할 금액을 입력하십시오.'

ATM 화면 속 5와 10 사이에서 내 손가락이 한참 동안 방황했던 것이다. 통상 지인에게 5만 원, 친구에게 10만 원을 낸다면 J에겐 얼마를 내야 할까. 우리는 형식적인 지인 관계는 아니지만, 지금 얼마나 절친하냐고 물으면 자신 있게 대답할 수 있는 사이도 못 됐다. 6년이나 아무런 교류가 없었으니까. J가 친구인지 지인인지를 헤아리며 금액을 고민하는 내 모습이 싫었다. 그렇지만 솔직하지 못한 것은 더 싫었다. 나는 결국 다섯 장의 지폐를 뽑아 봉투에 넣었다.

축의금을 내고 식장 안으로 들어가자 둥그런 테이블에 하객들이 끼리끼리 모여 앉아 있었다. 아는 사람이 거의 없는 나는 구석에 뻘쭘하게 앉아 식이 시작되기만을 기다렸다. 사회자의 안내 멘트, 두 어머니의 화촉 점화가 끝나고 드디어 행진곡이 울려 퍼질 타이밍이 왔다.

그런데 갑자기 직원들이 테이블 사이를 부산스럽게 오가더니 식기를 세팅하기 시작했다. 생각지 못한 전개에 나는 당황했다. 모르는 사람들과 둘러앉아 밥을 먹는 그림 자체도 체할 것 같았지만, 그릇을 겹겹이 놓아주는 것에서 불길한 예감이 들었다. 설마 코스 요리인가? 코스 요리는 비싸고, 결혼식의 식비는 대부분 축의금으로 충당한다. 그리고 나는 5만 원밖에 안 냈다.

머릿속 퍼즐이 맞춰지는 순간, J가 신랑의 손을 잡고 행복한 표정으로 입장했다. 나는 열심히 박수를 치며 저들이 주례 선생님 앞에 당도하면 이 식장을 빠져나가겠다고 다짐했다. 내가 낸 축의금보다 비싼 음식이 앞에 놓이기 전에(나중에 알고 보니 예식장의 밥값은 진짜 10만 원이라고 했다)!

J에게서는 그 뒤로 연락이 없었다.

"밥값이 10만 원인데 5만 원만 낸 나를 양아치라고 생각했겠지? 나 진짜 밥 안 먹긴 했는데."

나는 꽤 오랫동안 그날을 회상하며 지질하게 굴었다.

마음은 괴로웠지만 하나만은 명료해졌다. 나는 5만 원과 10만 원 사이에서 고민하다 결국 5만 원을 냈다. 지금의 J는 내게 예전만큼 의미 있는 사람이 아닌 것이다. 추억 속에 아련한 동화처럼 남아 있던 옛 친구와의 재회는 우리도, 관계도 모두 변했다는 사실만 확인시켜주었다. 나는 마음 한구석에 고이 간직하고 있던 '연락이 끊긴 지는 오래됐지만 지워버리기엔 아직 마음의 준비가 안 된 인연들' 목록을 비워내기로 했다.

감정은 되감기를 할 수 없으니 지나간 사람은 지나간 대로 두는 게 가장 좋은 엔딩일지도 모른다.

'모든 일은 딱 한 번씩만 일어난다.'

친구의 카카오톡 프로필에 쓰여 있던 문장이다. 출처는 모르지만 꼭 인간관계의 본질을 표현하는 것처럼 느껴진다. 관계가 아름답게 피어나는 그 순간에 충실할 뿐, 우리가 할 수 있는 다른 일은 없다. 그러니 추억을 돌아보기보다는 지금 내 옆에 있는 사람들에게 최선을 다하자고 다짐해본다.

사회 초년생을 위한 교훈

청첩장을 받으면 식장의 정체를 잘 확인합시다.

동료 이야기

"같이 일하는 사람들의 행복이 중요해요.
그러니 누구도 불행해지지 않았으면 좋겠어요."

동료가 퇴사했다. 나이는 동갑, 연차로는 후배지만 여러모로 선배 같았던 Y. 잡지에서 영상 제작으로 부서를 옮긴 후 어미 새 따르듯이 그를 쫓아다녔다. 온통 모르는 것투성인데 번번이 리더에게 물을 용기가 나지 않았다. 4년이나 회사를 다녔으면 안 해본 일도 눈치껏 해내야 하지 않을까. 아무도 핀잔주지 않는데 중압감이 가슴에 턱 얹혀 있었다. 혼자 발을 동동 구르다 애절한 눈빛을 보내면 Y는 선선히 다가와 내가 헤매는 부분을 명쾌히 짚어주었다.

몇 달이 지나 적응이 되자 이곳에선 일하는 도중에 도움을 청하거나 서로 의견을 묻는 일이 자연스럽다는 사실을 알게 됐다. 잡지 에디터로 일할 때는 반쯤은 개인 사업자의 느낌이었다. 혼자 글 써서 편집장에게 피드백을 받고 기사를 마감하면 일이 끝난다. 물론 매주 아이템 회의와 디자이너와의 격렬한 토론이 이어지지만 절대 침범하지 않는 각자의 영역이 있다.

패치워크를 떠올리면 이해가 쉽다. 다양한 색과 패턴의 천 조각을 꿰매 하나의 작품을 만드는 것처럼 잡지 역시 에디터 개개인의 결과물을 모아 한 권으로 엮어낸다. 각 기사마다 자신의 이름이 인장처럼 새겨지고, 그것은 쪽팔리고 싶지 않으니 잘 해야겠다는 동기 부여와 성취감을 한 번에 선사한다.

잡지가 패치워크라면 영상은 뜨개질과 비슷하다. 여러 명이 함께 하는 뜨개질. 만들어야 할 목도리는 하나인데 바늘을 쥔 사람이 여러 명일 때 벌어지는 비극을 우리는 이미 대학교 팀 프로젝트에서 경험한 바 있다. 대부분 학교보단 회사에서 훨씬 책임감 있게 굴기 때문에 프리라이더를 겪어본 적은 없지만, 서로의 머릿속에 있는 그림을 비슷한 결로 맞추는 협의의 과정이 끊임없이 요구된다. 기획, 시나리오, 촬영, 편집. 다음 단계에 들어설 때마다 어떤 모양의 목도리를 뜰지 논쟁하며

실을 떴다 풀었다 반복하는 것이다.

만약 팀원들이 "네가 하고 있는 방법보다는 두코고무뜨기가 전체적으로 더 어울리겠어." 하고 입 모아 말한다면, 열중하던 겉뜨기 안뜨기를 멈추고 실을 풀어내든 지금 이 방법이 낫다는 걸 증명해 설득하든 둘 중 하나를 해야 한다. 혼자 만드는 게 아니니까. 자연히 어디서부터 어디까지가 나의 영역인지 희미해진다. 기사 밑에 박힌 이름 두 자로 일할 맛을 충전해 오던 나는 혼란스러워졌다. 분명 기획도 하고, 시나리오도 쓰고, 촬영 때 나가서 고생도 하는데 왜 내 것이 없는 것 같지? 새로운 부서에서 쓸모를 증명해야 한다는 압박감까지 더해져 불안한 시기였다.

Y와 둘이 지하철을 탔을 때 속마음을 털어놓자 그는 의외의 대답을 내놓았다.

"전 그래서 같이 일하는 사람들의 행복이 중요해요."

나는 조금 벙쪘다. 뼛속까지 개인주의자인 내가 듣기엔 너무 착한 답변이었던 것이다.

Y의 논리는 이랬다. 협업이란 어차피 내가 원하는 대로만 끌고 갈 수도 없고, 나만 잘한다고 되는 것도 아니다. 그렇다면

일의 의미는 어디서 찾을 수 있을까. 그는 사람들과 부대끼는 과정에서 찾는다고 했다. 같은 목표를 가진 사람들이 의견을 나누고, 맡은 일을 잘 해내려 애쓰고, 다른 사람의 실수를 보완해주며 만들어가는 서사에서 말이다. 그러니 누구도 이 작업에서 불행해지지 않았으면 좋겠다고 덧붙였다.

Y는 실제로 팀원들의 컨디션이나 마음 상태에 주의를 기울이는 편이었다. 누군가 실수로 풀죽어 있으면 '대지없(대세에 지장 없으니 괜찮다)'이라며 마음의 짐을 덜어주고, 자신이 평소에 눈여겨본 동료의 장점이 발휘될 수 있게 은근히 밀어주기를 잘했다. 그러면서도 기획력이나 촬영, 편집에 두루 역량이 뛰어나 같이 일하는 이들의 신뢰를 받았다(쓰면서 다시 한 번 느끼는 거지만, 그의 새 팀원들은 정말 운이 좋은 사람들이다).

우리는 1년 반을 함께 일했다. 나는 저절로 신뢰와 유머 감각이 있는 동료가 되는 것을 목표로 삼게 되었다. 훌륭한 모델을 어미새 삼았으니 이상한 일도 아니다. 이전엔 내 것만 잘하면 그만인 사람이었는데, 이제는 동료의 감정을 조금이나마 살필 줄 알게 된 것 같다. 한번은 후배의 얼굴이 우울해보여 고민을 듣고 그가 어려워하는 부분을 도와준 적이 있다. 예정에 없던 일이 늘어났지만 후배의 얼굴에 구름이 걷힌 걸 보니 마음이 놓이고 기분이 좋아졌다. Y가 말한 과정의 즐거움이 아마 이런 것이었을까.

함께 일했던 편집장 선배는 우스갯소리 반 칭찬 반으로 내가 성장했다고 뿌듯해했다. 성장은 잘 모르겠지만 공동 뜨개질의 묘미를 알아가는 중인 것은 확실하다. 내 마음대로 할 수 있는 것 하나 없지만, 그래서 무엇이 나올지 몰라 기대되는 것. 한구석씩 모자란 사람들이 모여서 가끔은 그 이상을 만들어내기도 하는 게 '협업'일 것이다. 의지하고, 믿고, 믿음에 부응하며 나는 좀 더 유연한 사람이 돼가고 있다.

Y의 송별회는 2주 넘게 이어졌다. 나는 멤버만 조금씩 바뀐 송별회에 네 번 참석했다. 모든 자리가 조금씩 다른 온도로 따뜻했다. 파트원들과 함께 한 송별회는 우리의 술자리가 늘 그랬듯이 '이거 만들면 재밌겠다'는 주제로 흘러들어가 취중 기획 회의로 변모하고 말았다. 그렇게 열변을 토하고 깔깔거리는 순간이 좋았다. 그는 새로운 곳으로 훌쩍 날아가 근사한 결과물을 만들어낼 것이고, 우리 역시 마찬가지겠지만 그날의 공기가 오랫동안 그리울 것 같다. 내가 제일 존경하는 동료도.

지중해에서 찾은 행복의 비밀

'여행지에서만 행복한 나'는 이제 지긋지긋했다.
그 행복의 순간을 일상으로 가져올 수는 없을까?

'지중해에서 찾은 행복의 비밀'. 만약 서점 매대에서 이런 제목의 책을 발견했다면 코웃음 치며 지나쳤을 것이다. '곰돌이 푸가 매년 6조 6천억의 매출을 올리기 때문에 행복한 것처럼, 지중해에서 찾은 행복 따위 한반도에 적용시킬 수 있을 리가 없어!' 삐죽거리며.

이렇게 밑밥을 까는 이유는 "어휴, 또 행복 타령이야?" 하며 책장을 넘겨버리려는 당신의 손가락을 붙들기 위해서다. 나에게는 꽤 효험이 있는 깨달음이었으므로.

1년 치 연차를 끌어모아 떠난 이탈리아 여행. '그녀'를 만난 것은 여행의 막바지, 시칠리아의 시라쿠사에서였다. 무자비한 돌바닥에서 캐리어를 끄느라 지쳐버린 내 앞에 나타난 에어비앤비 호스트. '캐롤'은 줄리아 로버츠(역시 이탈리아는 줄리아 로버츠!)를 연상시키는 환한 미소와 멋진 패션 감각을 지닌 할머니였다.

게스트 룸은 2층, 캐롤의 공간은 3층. 그리고 집에 들어오는 문 역시 2층에 있었다. 체크인을 한 첫날 밤, 저녁 늦게 들어온 그녀가 계단을 올라가며 콧노래를 부르는 소리가 들렸다. 가벼운 허밍 정도가 아니라 복식호흡에서 뿜어져 나오는 파워풀한 소리에 피식 웃음이 났다.

'술이 좀 되셨나 보네.'

그러나 다음 날 아침에도 흥겨운 콧노래 소리가 계단을 오르내렸다. 조식이 만들어지는 부엌에서는 재즈와 함께 캐롤의 열정적인 노래가 울려 퍼졌다. 나는 그녀를 '구경'하는 무례를 범하지 않으려 애썼다.

줄리아 로버츠를 닮은 그녀는 진정 '귀여운 여인'이었다. 거리를 구경하다 자전거 벨이 따릉따릉 울리는 소리에 돌아보면 캐롤이 아이 같은 미소를 지으며 나를 향해 손을 번쩍 들어 올리

고 있었다. 미소의 연장선처럼 눈 옆에 잡히는 주름이 참 사랑스
러웠다.

문득 궁금해졌다. 나야 여행자니까 회사를 벗어나 난생처음
와보는 이탈리아에 머무르고 있으니 행복하다고 치자. 저 할
머니는 이게 일상일 텐데 어쩜 저렇게 매일 기분이 좋아 보일
까. 안 그래도 돌아갈 시일이 가까워져 슬슬 두려워지던 참이
었다. '여행지에서만 행복한 나'는 이제 지긋지긋했다. 게스트
로 머무르는 동안 그녀를 면밀히 관찰하며 행복의 비밀이 무
엇일지 나름대로 추리를 해보았다.

가설 하나, 주변 풍경이 아름다우면 행복해진다.

캐롤의 집은 구 시가지인 오르티지아 섬의 끝자락, 바다 앞
에 있는 3층 집이다. 반신욕을 하고 있으면 창틀 안의 바다가
보석처럼 반짝이는 모습이 보인다. 리버 뷰도 아닌 지중해 뷰
에 홀려 한여름인데 반신욕을 이틀 내내 했다. 이런 환경에 둘
러싸여 살다 보면 절로 행복해질 것 같다. 공원이 내려다보이
는 테라스 집으로 이사 간 친구의 얼굴이 한결 좋아진 걸 보면,
확실히 좋은 풍경은 사람의 마음을 촉촉하게 만든다.

그렇다면 우리 집은 옆집 옥탑 뷰니까 행복해지길 포기해

야 하는 걸까? 아니다. 고향이 바닷가라서 안다. 가끔 바다를 보며 걷는 것만으로도 우울이 씻겨 내려가는 효과가 있다. 한강에만 가도 아이처럼 들뜨게 되지 않나. 돗자리 펴고, 라면 먹고, 인파 속에 섞여 치킨 배달원과 접선하는 모든 과정이 놀이처럼 느껴진다. 굳이 잔디밭에 자리 깔고 앉지 않아도 좋다. 쌩쌩 달리는 자전거를 구경하며 느긋하게 걷기만 해도 건조한 마음에 미스트를 칙칙 뿌릴 수 있다.

어린 시절 열광했던 만화 《꽃보다 남자》에는 이런 대사가 있었다.

"좋은 구두는 좋은 곳으로 데려다준다."

나는 "좋은 풍경은 사람을 행복하게 한다."가 더 확률이 높은 명제라고 생각한다. 그러니까 아름다운 곳에 나를 최대한 자주 데려다놓아야 한다.

가설 둘, 과일을 많이 먹으면 행복해진다.

지중해의 태양은 피부에 알레르기 반응을 일으킬 만큼 강렬하다. 하지만 그렇기에 채소가 쑥쑥 자라고 과일의 단맛이 극대화된다. 더욱 은혜로운 사실은 그토록 맛있는 채소와 과일을 통 큰 포장으로 싸게 판다는 것이다. 생활물가가 비싼 나라에 사는 내게는 별천지 같은 풍경이라, 이틀에 한 번씩 납작 복숭아와 자두, 체리, 바나나를 사서 원 없이 먹었다.

과일과 채소에는 희한한 힘이 있다. 먹는 것만으로 '잘 살고 있는 것 같은 느낌'을 준다. 실제로 과일 섭취가 긍정적 정서를 높인다는 연구 결과도 있다.

캐롤은 내게 두 번의 아침을 차려주었다. 담백한 빵에 올리브유와 페퍼가루를 뿌린 것이 특히 맛있었다. 식탁에는 언제나 빵에 발라먹을 수 있도록 두 개의 과일잼이 준비돼 있었고, 작은 바구니에는 살구와 자두가 담뿍 담겨 있었다.

예쁘고 건강한 캐롤의 식탁이 그리워지는 날에는 주말 아침 일찍 나가 빵 한 봉지와 과일을 사서 돌아온다. 에스프레소 대신 진하게 우린 홍차 한 잔 곁들여서 마포구식 지중해 브런치를 즐기는 거다. 재즈와 콧노래도 필수. 여행지에서 느낀 행복의 순간을 일상에 맞게 재연하는 것만으로도 하루의 시작이 달라진다.

가설 셋, 예술을 하면 행복해진다.

에어비앤비 사이트에서 캐롤은 스스로를 '예술가'라고 소개하고 있었다. 실제로 게스트룸의 가구 모두 그녀가 직접 리폼한 것이었다. 못생긴 것을 견디지 못하는 예술가답게 냉장고 용 나무 수납장까지 만들어서 방이 촬영용 스튜디오만큼이나 예뻤다.

조식을 먹을 때 내온 식기도 모두 캐롤의 작품. 컵과 그릇에 그녀의 웃음처럼 정답고 귀여운 아이들이 그려져 있었다. 욕실의 미니 화병과 방 안에 걸린 커다란 그림에도 캐롤의 사인이 빠지지 않았다.

삶의 질을 근본적으로 좌우하는 것은 내가 무슨 일을 하고, 그것에 얼마만큼의 만족감을 느끼느냐에 달려 있을 것이다. 무라카미 하루키의 에세이집 《라오스에 대체 뭐가 있는데요?》에는 아이슬란드 사람들이 생활예술의 대가라는 이야기가 나온다. 겨울이 길어 집에 있는 시간이 많은 아이슬란드 사람들은 독서를 무척 사랑하는데, 책을 많이 읽는 것에 그치지 않고 글을 쓰기도 한다. 인구당 작가로 등록돼 있는 사람의 수가 세계에서 가장 많은 나라라고. 그들은 시와 소설뿐 아니라 노래 부르기와 그림 그리기도 즐긴다. 하루키는 이에 대해 "수신적인 대량 정보를 중심으로 움직이는 일본에서 온 나는 그런 발신적인 정보로 가득한 나라가 무척 신선해보였다."라고 말한다.

캐롤의 방에서 이 구절을 읽으며 깊이 공감했다. 나는 침대에 누워 하루 종일 드라마나 영화 보기를 좋아하지만, 밤이 되면 어쩐지 허무해진다. 아무것도 안 하고 쉬었다는 불안감 때문이라기보다는 스스로 즐거움을 만들어내는 방법을 잊어버렸다는 위기감이 들어서다.

글을 쓰거나 가구에 페인트칠을 하는 것은 분명 귀찮은 일이다. 섣불리 시작했다가 후회하기도 한다. 그러나 그런 일들은 누워서 넷플릭스를 볼 때는 느끼지 못하는 종류의 즐거움을 선사한다. 능동적으로 나만의 신호를 만들어내는 기쁨.

여기까지 써놓고 보니 흔히들 이야기하는 '소확행'과 다를 바가 없어 민망하다. 이제는 고루한 단어가 되어버렸지만, 돌이켜보면 나는 소확행을 오랫동안 오해했던 것 같다. 나를 행복하게 만드는 행동과 환경이 무엇인지 알려고 노력하기보다 눈앞의 욕구를 합리화하기 위한 용도로 가져다 썼다. 특히 불필요한 소비로 마음이 불편할 때 좋은 도피처가 되어주었다.

지중해의 캐롤에게서 행복의 비밀을 엿보았다고 했지만, 사실 이 세 가지는 이탈리아 여행 내내 내가 행복했던 이유이기도 하다. 근사한 풍경을 보기 위해 점심부터 저녁까지 걷고, 밤마다 과일을 먹으며 글을 끼적거리는 나날이 좋았다.

일상은 발견과 기쁨의 촉수를 무디게 만든다. 그래서 우리는 대부분 여행지에서 훨씬 행복하다. 수많은 여행 중에서도 유독 기분 좋게 기억되는 여행이 있을 것이다. 거기서 힌트를 얻으면 된다. 거기서 무엇을 했기에 행복했는지, 그 순간을 어떻게 일상으로 가져올 수 있을지 말이다.

드라마 빌라

어른이 되는 문턱에서 깨지고 다치며
나만의 드라마를 찍었던 나날.

지중해에서 찾은 행복의 비밀, 그 첫 번째를 몸소 체험 중인 친구가 있다. 몇 달 전 이사를 했는데, 그 집엔 무려 공원이 한눈에 내려다보이는 큰 창문과 테라스가 있다. 현관문을 열자마자 창밖으로 연둣빛 우듬지가 산호처럼 흔들리는 풍경이 보였다. 탄성이 절로 나왔다. 나무 위로는 멀리 주택과 아파트, 청명한 하늘이 층층이 펼쳐졌다. 소파에 앉아 있는데도 야외에 나온 듯한 느낌이었다.

어둠이 내리자 친구는 나를 테라스로 인도했다. 반짝이는 앵두전구와 귀여운 캠핑의자가 준비돼 있었다. 치앙마이에서 사왔다는 향까지 피우자 순식간에 낭만 지수가 치사량을 넘어 버렸다. 술집 야외 파라솔에서 맥주 마시는 걸 좋아하던 친구 는 이 집으로 이사 온 후 딱히 밖에서 술을 사먹고 싶은 마음 이 안 든다고 했다. 그럴 만했다. 나무의 정수리를 내려다보며 '짠' 건배하는 것만으로도 영혼이 흐물흐물 녹아버렸으니까.

저절로 흑심이 생겼다. 계약기간이 언제까지냐고 묻자 친구 가 웃었다. 초대했던 사람들 모두 그것부터 물었다고 했다. 나 도 세입자 오디션에 꼭 끼워달라고 신신당부했다. 내가 이 집 에 산다면 두 마리 고양이가 행복해질 거라는 깨알 어필도 잊 지 않고.

분위기에 만취해버린 밤. 진정 '꽐라'가 되어 테라스에 드러 눕고 싶어지기 전에 일어나기로 했다. 친구가 지하철역까지 데려다주겠다고 따라나섰다. 공원길을 걷는 내내 나뭇잎이 바 람에 스치며 누웠다 일어서고, 다시 스르륵 눕는 소리가 들려 왔다. 근사한 이 길을 밤마다 걸었던 적이 있었다. 계절마다 농 도가 달라지는 나뭇잎의 색을 들여다볼 생각도 하지 못한 채, 그저 혼자 있고 싶어서 도망치듯 공원으로 향했던 날들.

내가 7년 전에 살던 집이 이 근처라고 하자 친구가 눈을 동그랗게 떴다. 친구 두 명과 방 두 개에 거실 하나짜리 다세대 주택에서 함께 살았다. 사람은 셋인데 방은 두 개라 우리는 한 방에 이불을 깔고 잤다. 가끔은 왼쪽에서 이를 갈고, 어떤 날엔 오른쪽에서 코를 골았다. 그 소리에 잠을 설친 나는 다음 날 친구들이 일어나 청소를 할 때까지 늘어져 잤다.

어쩌다 역 주변을 지나칠 때면 그날들이 떠올랐다. 하지만 굳이 주택가 안으로 들어가본 적은 없었다. 혈중 낭만 수치가 위험 수준이라서였을까. 다시 나뭇잎과 바람이 포개지는 소리가 공원을 가득 메운 순간, 문득 그 집에 가보고 싶어졌다.

지하철역을 목전에 두고 호기롭게 발걸음을 돌렸지만 주소는 머릿속에서 증발한 지 오래. 어렴풋이 남은 몸의 기억에 의지해 걷는 수밖에 없었다.

"2번 출구에서 쭉 내려와 오른쪽 길로 꺾었던 것 같은데. 골목을 한 번 지나면 잠깐 큰길이 나온 후에 다시 골목이 나왔던 것 같아!"

나의 개떡같은 설명을 찰떡같이 알아들은 친구가 그럼 이쪽인 것 같다며 팔을 잡아끌었다.

기억과 유사한 두 개의 골목을 지나자 익숙한 횡단보도가 등장했다. 집에서 번화가로 가기 위해 뻔질나게 오갔던 길이었다. 주변 환경은 횡단보도를 빼고는 몰라보게 달라져 있었다. 번쩍이는 꼬마 빌딩 하나가 올라왔고, 퀴퀴한 냄새가 나던 헬스장은 널찍하고 예쁜 카페로 변신해 있었다. 횡단보도의 건너편, 내가 살던 주택가 너머로 키 큰 아파트들이 새로 솟은 것이 보였다.

　어쩌면 집이 없어졌을지도 모르겠단 생각이 들었다. 하루가 무섭게 바뀌는 것이 서울의 풍경이니까.

　새로 생긴 편의점을 끼고 골목 안으로 들어섰다. 몇 발자국 걷자 익숙한 색감의 길이 펼쳐졌다. 열 걸음에 하나씩 세워져 있는 가로등, 거기서 쏟아지는 강렬한 주홍빛. 누군가 영사기를 켠 것처럼 기억이 '탁' 밀려들어 왔다.

　길은 그대로였지만 양옆으로 늘어선 집들은 세련된 신축으로 탈바꿈한 것들이 많았다. 연식이 오래된 빨간 벽돌집에 다른 집보다 유난히 넓은 마당. 날이 밝으면 주인아저씨가 내려와 마당의 식물들을 가꾸던 풍경만이 뚜렷이 남아 있었다.

　몇 개의 빌라를 지나쳤다. 필로티pilotis로 설계된 빌라들이 이어졌다. 아무래도 없어진 것 같다는 쪽으로 심증이 굳어지는 순간, 오른쪽으로 난 경사진 오솔길 하나가 눈에 띄었다. 길을 올려다보니 나무 두 그루가 양쪽에 서서 아치형 모양으로 드리워져 있었다.

심장이 쿵쿵 뛰었다. 옆에 있던 친구도 잊고 뛰어올라 갔다. 나무들이 만든 입구 앞에 서자, 둥그런 마당 안쪽에 들어앉아 있는 빨간 벽돌집이 보였다. 나는 수풀을 헤쳐 오두막을 찾아낸 톰 소여처럼 외쳤다.

"여기야!"

주인아저씨의 손길로 늘 정갈하던 마당도, 잊고 있던 이 집의 이름도 그대로였다. 드라마 빌라.

"진짜 드라마에 나오는 집 같아!"

친구의 상기된 얼굴에 내 마음도 덩달아 울렁거렸다. 살고 있을 땐 몰랐는데, 지금 보니 참 예쁜 집이었다.

왔던 길을 되짚어가는 내내, 그 집에 살던 스물세 살의 나날이 떠올랐다. 룸메이트들과 싸우고, 함께 떡볶이를 먹고, 공원을 걷고, 심야 영화를 본 후 새벽길을 두런두런 이야기하며 걸었던 날들. 인생 첫 실연에 몇 날 며칠을 눈물로 적셨던 집 앞 골목과 하루에 12시간 넘게 일해야 했던 첫 사회생활. 나의 자기소개서를 자기 것처럼 꼼꼼히 봐줬던 고마운 선배도 기억났다.

그때의 나는 난생처음 겪어보는 고민들을 품에 안고 종종거리고 있었다. 경제적 독립에 대한 스트레스가 컸고, 별로 좋은 성격도 아닌데 두 명의 타인과 사는 게 쉽지 않았다. 영원할 거라고 생각했던 연인과 헤어지면서 사랑 비관론자가 되었다. 내가 차였든 새벽까지 울었든 세상은 어제와 똑같이 돌아가고, 회사에선 내 기분과 상관없이 맡은 일을 잘 해내야 한다는 것도 알게 되었다. 인생은 실전이라는 걸 호되게 배운 것이다.

하지만 뒤집어보면 그리 나쁘기만 한 건 아니었다. 적지만 내가 번 돈으로 월세를 낼 수 있었다. 개성이 다른 두 친구와 1년을 재밌게 살았고, 아무리 사랑하고 죽고 못 살아도 결국 나에게 남는 건 '나' 자신뿐이라는 사실을 깨달았다. 자주 서럽고 억울한 회사 생활이었지만, 그런 나를 예뻐해주고 도와주는 사람들 역시 많이 만났다. 위스키가 들어 있는 초콜릿처럼 쌉쌀하고도 달콤한 시간이었다.

지하철에 앉아 빌라 입구에 붙어 있던 작은 명패를 떠올렸다.
'드라마 빌라.'
왜 갑자기 옛집에 가보고 싶어졌는지 알 것 같았다. 그 집과 골목이 나의 가장 인상적인 한 시절을 고스란히 담고 있어서였다. 어른이 되는 문턱에 서서 깨지고 다치며 나만의 드라마를 찍었던 나날을.

지금의 고민들을 헤아려본다. 스물셋에는 하지 않았던 고민도 있고 그때와 똑같은 고민도 있다.

어떻게 살아야 할까? 그때나 지금이나 전혀 모르겠다.

커리어는? 취업만 되면 장땡인 줄 알았던 시절보단 더 어려운 고민이다.

혼자 살까, 둘이 살까. 혼자가 속 편할 것 같지만, 애인의 짱구 같은 옆얼굴을 바라보다 보면 가끔 마음이 들썩인다.

고양이들과 오래도록 행복하게 살려면 어떻게 해야 할까? 그때는 몰랐던 기쁨과 근심이다.

현재 진행형인 고민은 두 팔로 꽉 끌어안기에도 벅차서 쉽게 두 눈을 가린다. 우리는 그저 순간의 판단에 의지해 뒤뚱뒤뚱 발을 뗄 뿐이다.

아마 시간이 흘러 지금의 궤적을 내려다보면 역시나 드라마 같은 시절이었다고 회상하게 될 것이다. 건조하지만 나름대로 근사한 시간이었다고 말이다. 우리의 마음은 과거 앞에서 무른 복숭아처럼 말랑말랑해지곤 하므로.

어쩌면 지나간 시절을 돌아보며 해석과 의미를 덧그리는 것이 우리가 우리의 삶을 위로하는 방식인지도 모르겠다.

지하철역에 내려 언덕을 오르자 황토색 빌라가 모습을 드러냈다. 나의 세 번째 드라마 빌라. 당분간의 에피소드는 이곳에서 쓰일 예정이다.

에필로그

당신의 우주가 몇 평이든 상관없이

마지막으로, 내가 정말 좋아하는 사노 요코 할머니의 문장을
함께 읽고 싶다.

> 아름다운 세계는 존재하는 것이 아니라 스스로 멋대로 만
> 들어내는 것이다. 그 세계는 사실이 어떻든 억지로 만들어
> 내야 하며, 그런 일을 할 수 있는 영혼을 소중히 소중히 가
> 꾸어야 한다는 것이다.
>
> _사노 요코,《이것 좋아 저것 싫어》

그 세계가 비좁고, 매력 없고, 내가 꿈꿔왔던 것과 전혀 다르게 느껴지는 순간도 있을 것이다. 그럴 땐, 그럼에도 이 넓은 세상에 온전한 내 것 하나는 존재한다는 사실을 기억하자. 그 우주를 만들고 가꾸어낼 사람도 세상에 딱 한 명, 오직 '나' 자신뿐이라는 것도.

견본품처럼 그럴싸하지 않아도 자기만의 세계가 있다면, 우리는 어디서나 두 다리를 땅에 딛고 단단히 서 있을 수 있다.

멋대로 만들어낸 당신의 우주 안에서 기필코 행복하시길. 나 역시 그럴 테니까.

참고 도서

- 김신지, 《좋아하는 걸 좋아하는 게 취미》 (위즈덤하우스, 2018)
- 무라카미 하루키, 《라오스에 대체 뭐가 있는데요?》, 이영미 옮김 (문학동네, 2016)
- 미니멀리스트 시부, 《나는 미니멀리스트, 이기주의자입니다》, 고향옥 옮김 (홍시, 2019)
- 사노 요코, 《이것 좋아 저것 싫어》, 이지수 옮김 (마음산책, 2017)

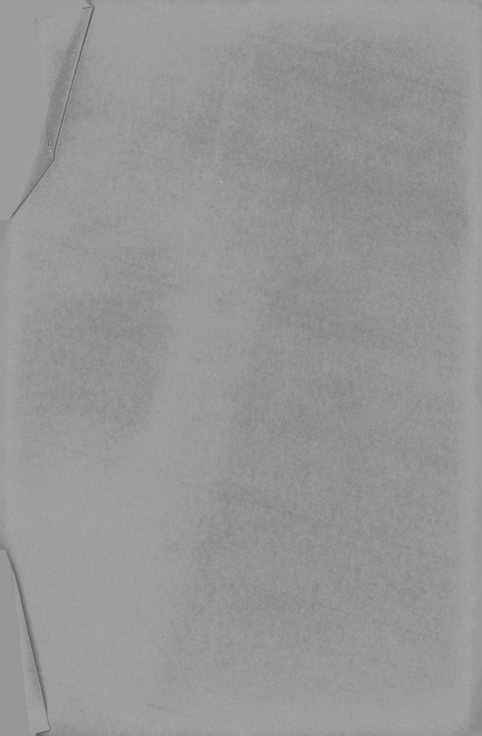